走着去一个叫电影院的地方

侯建臣 著

中国出版集团

现代出版社

U0654905

图书在版编目（CIP）数据

走着去一个叫电影院的地方 / 侯建臣著. -- 北京：现代出版社，2017.6

ISBN 978-7-5143-6258-9

Ⅰ. ①走… Ⅱ. ①侯… Ⅲ. ①短篇小说－小说集－中国－当代 Ⅳ. ①I247.7

中国版本图书馆CIP数据核字(2017)第154702号

走着去一个叫电影院的地方

作　者	侯建臣	
责任编辑	李　鹏	
出版发行	现代出版社	
地　址	北京市安定门外安华里504号	
邮政编码	100011	
电　话	010-64267325　010-64245264（兼传真）	
网　址	www.1980xd.com	
电子邮箱	xiandai@vip.sina.com	
印　刷	北京一鑫印务有限责任公司	
开　本	710×1000　1/16	
印　张	15	
版　次	2017年6月第1版　2022年7月第2次印刷	
书　号	ISBN 978-7-5143-6258-9	
定　价	45.00元	

吐一个烟圈看云卷云舒（代序）

　　我是一个目光短浅的人，有好多时候，我会陶醉在自己的世界里，以为这就是整个世界。在这个世界里，我可以把我的某一个幻想当成坐骑，我会把突然从脑子里闪过的念头当成一把长剑，这些东西在某一个时间段里，会让我变成一个远古的骑士，在自己用舌头制造出来的"嘀嘀嗒嗒"的时间流逝的声音里，走进一条幽深的古道。在这条别人发现不了的古道，我会看到一些只有这个世界里才会有的鸟类，或者别的什么类；我会听到一朵花或者一群花的声音，它们的声音有时候就是它们的头饰。

　　当然，我还会遇到一些似乎是人一样的人，但我更愿意把他们跟那些鸟类或者花类一样，当成是某一类风景。在风景里看风景，所有的风景都是风景，我无法说出它们与他们的区别来。我只感觉到它们和他们都是与众不同的存在。现实的情况是，我确实生活在一个自己设置的世界里，在这个世界里，我无法把目光放得更远，我只是看到一些很切近的东西。我不会看到很远大的东西，诸如远大目标，因为这确实需要有不一般的目光；我也不会期盼很炫目的东西，诸如崇高理想，因为这确实需要有不一般的身躯。

三十年前，或者三百年前，都一样，我从一个地方出走，我以为我会走很远的路，我以为我已经走了很远的路，但其实，回过头来看的时候，我发现，我并没有走远，我看到的那棵树还是原来的那棵。你都无法想象，一个人走了很远的路，一个人走了很长时间，最终你其实还在你当初出发的地方，最终你只是做了一个梦，确实是，就一个梦而已。莫非不是吗？不要以为掐一下腿还有疼的感觉，就不是梦！不过这不重要，当一个人把自己置身于梦里的时候，其实你的梦已经是现实，现实也已经是梦。

我是说，我肯定不会走得太远，这是宿命。所谓宿命，就是你骑着一根从门前的歪脖子树上折下的榆木树枝，朝前奔跑，你可以想象你在无边无际的宇宙里飞翔，你也可以想象你在幽深邃远的时间之洞里遨游，但你到达的那个地方，肯定不会离你的家门太远。这一点不容怀疑，连歪脖子树下坐着的那只黄狗心里都清楚。

我是说，我有时候喜欢抽烟，我坐在我能够到达的任何一个地方，从兜里掏出烟来，点燃，然后吐一个烟圈，静静地把自己当成一个哲人看那云卷云舒。我是说，我的天空就在我头顶上空的几十米或者几米或者几毫米几微米之内，我吐出的烟圈，就是我眼里翻动的云彩。这确实是真的，难道你连这都不信吗？

目 录

CONTENTS

走着去一个叫
电影院的地方

房后有堵墙

儿子回来的时候，得顺正在喂鸡。

得顺喂了五只鸡，四只是母鸡，另一只是大红公鸡。母鸡的脸开始泛红了，母鸡的脸一泛红，得顺就知道，它们旺盛的下蛋季节到了。得顺的鸡冬天不下蛋，冬天天冷，母鸡下蛋的记忆似乎丢失了，刀子一样的西北风一刮，它们就踞在院子外边的墙根下晒太阳，也不叫一下，也不去找食，只有等得顺的门一开，它们才会激灵一下，睁大了眼睛，炸着身上的碎毛，绒球一样一摆一摆地跑过来，把头伸到得顺放出来的盆子里，叮叮当当地敲出稠密的声音来。

母鸡虽然能下蛋，但得顺相比较还是喜欢那只大红公鸡。得顺喜欢看着大红公鸡，有时候能坐在太阳下面看上一整天。大红公鸡真是好看，你都个知道它是怎么长成那样的。得顺跟喜财说过，你说它怎就长成了那样，你说它怎就能长得那么好？喜财当然也觉得大红公鸡长得好看，但喜财更在意母鸡们的屁股和它们的屁股里努下来的蛋。喜财说，好看又怎样？好看又怎样？喜财说这话的时候，是想着怎样才能让得顺中午给炒个大葱炒鸡蛋，他仍记着得顺家的柜顶上还放着半瓶酒。得顺当然知道喜财在想啥，这么多年了，喜财一张嘴得顺就能闻出他脑子里的小九九了，但这时得顺不说透，他只说他的大红公鸡。他说你看它头上的冠，是不是红透了的？你看它的眼睛，是不是会说话？喜财懒得听，只是个点头。喜财以为他不说话，得顺就不说了。可是得顺还说，得顺说你看它脖子上的毛一绺一绺的，那么顺，莫不是洗澡了？你看它的尾巴，像不像古代将军装在袋里的箭？喜财打了个喷嚏，嘴里的唾沫都要流出来了，喜财一直想着大葱炒鸡蛋，一直想着得顺柜子上面的那半瓶酒。喜财都开始嫌这个老家伙有点儿烦了。

你儿子让你进城？喜财说。喜财想转个话题，喜财想着转个话题也许能让得顺的话快点结束。可是他错了，他经常犯错，他一犯错才知道自己错了。可是他还是经常犯错。得顺是不能听到进城的事的，得顺为这个事曾经有大半年不跟儿子说话。我进什么城？我进什么城？得顺一遍一遍地说。我进什么城？我进什么城？得顺一直说一直说。得顺关于公鸡的话题本来就要结束了，得顺经常就是这样，他说他的公鸡的时候，他说一件往事的时候，总是要说透了的。当他说的兴致尽了，也就会高兴地对着太阳打个喷嚏，然后朝着喜财说，还有半瓶酒呢，鸡又下了蛋了，炒个大葱炒鸡蛋，咱哥们喝一口去！得顺所有的话中，喜财最喜欢听这一句。可是这一次，喜财是急了一些，人急了的时候似乎更容易犯错。他这么一说，得顺的劲就上来了，得顺说着，就扭了头朝房子后边看。

房子后边有什么呢，喜财看不出房子后边有什么东西，但在得顺的眼里，房子后边是有东西的，而且是很重要的东西。得顺就一直看着房子后边那一堵墙。得顺一直看一直看，看着看着，得顺的眼里会有黏黏的东西流出来。

喜财是个老光棍了，这么多年了，喜财一直清汤寡水地过着。得顺有一口没一口地，总是会接济着喜财。老婆活着的时候，逢个过年过节，得顺也会想到喜财，让他来家，或者端了吃的喝的给他送去，也就觉得是理所当然的事情。毕竟他一辈子一个人，连个伴也没有，连个儿女后代也没有，真是够恓惶的了。老婆不在以后，就常常让他来家里吃饭了。也就加一副筷子罢了，也可以跟自己做个伴，一块说说话，要不自己一个人也是怪孤单的。

喜财说的是实话。儿子是让得顺进城了，儿子早就想让得顺进城了。儿子好赖在城里也混得不错，儿子不愁吃不愁穿，但儿子还得有个脸面。有时候对父母表现出孝顺也是一个人的脸面。

得顺和老伴在这墙下厮守了一辈子，年轻时说是让孩子有了个出息，也到城里享福去。到老了，真是可以到城里享福了，就离不开了。那些年儿子就在城里准备好了，准备了房子，准备了家具，说是住在一起有个照应，说是城里生活还是方便一些。但得顺和老伴不想走。得顺说了，到底是谁照应谁？我们照应你们？我们照应你们那么多年了，莫非是还让我们两把老骨头再去照应你们吗？你们照应我们？你看看我们老到需要你们照应了吗？得顺的话硬硬的，得顺这么多年了，就是这么一个说话方式。老伴不这样，老伴跟儿子说，你爹一下子离不开，就再等等吧，等他在这儿慢慢烦了，没准有一天就想进城了。

问题当然不是谁照应谁的问题，是离不开西湾那一汪水呢，是离不开东梁那几棵歪脖子树呢，是离不开这土窝窝了呢。当然了，是离不开房子后边那堵大墙了呢。从小就在大墙上翻上翻下了，这么多年了，在大墙下哭，在大墙下笑，要离开这里，好像一下子就会没了魂似的。

老伴说走就走了。老伴把被子抱到太阳底下，晒得暖暖的；老伴腌了一大缸烂白菜，是得顺喜欢吃的苘子白；老伴给得顺做了一双结结实实的棉鞋……好像是，她在做着什么准备似的，也没有什么迹象，没灾没病的，说走怎么就走了？得顺喜欢闻在太阳底下晒完的被子的味道，那是太阳的味道，得顺夜里偎在那股味儿里，觉就睡得特别香；得顺还喜欢吃腌烂白菜，吃着那种腌久了浸进菜里的酸，得顺觉得生活才是真实的；得顺也喜欢穿老伴做的棉鞋，其实柜子里有好几双儿子从城里买来的新鞋，但得顺总是觉得穿着不舒服，得顺穿着老伴做的棉鞋，把小村的冬天都走得暖暖的。

可是……可是……怎么说走就走了呢？得顺想不通，但想不通也得通，这是几十年的体会了，这是活到这个份上的人的道行了，风中雨中一年又一年，啥还没见过呢，啥还没经过呢！

老伴刚离开的时候，儿子没敢说。儿子是怕惹了得顺生气，儿子也是想让得顺在老伴的坟上坐坐，陪着墙上那张发了黄的扎着长辫子的"人儿"说说话。那是老伴嫁过来不久照的一张相，好多东西渗到相片里了，可是老伴的眼神还是亮亮的，感觉还停留在过去的时光里。

也就是一年左右的光景吧，儿子还是跟得顺说了他的意思。儿子说母亲也不在了，他一个人待在家里孤孤单单的，不如搬到城里去住，他自己一个人住在这空空的院子里，大家都不放心。得顺也知道儿子的意思，但得顺离不开这个家，得顺感觉一离开这里，他就永远不是这里人了。有几次他去城里看孙子，住在儿子的家里，他一夜一夜睡不着，心里空落落的，总觉得不得劲。有一个夜晚，他不知道梦到了啥，竟然从梦里哭醒了。

我妈都不在了，你还待在这里做啥？儿子一遍一遍地说。

院子都成老院子了，你还留恋啥？儿子又一遍一遍地说。

得顺就看着院子里的一个什么地方，一支一支地抽烟，抽得周围都成烟的网了，还在抽。

是啊，老伴都不在了，还待在这里做啥？得顺确实一下子回答不出儿子的这个问题。得顺就坐着想，得顺想到了好多事情，得顺想的都是老得掉了牙的事情。得顺都想到了院子里的一块磨得光光亮亮的石头，在他很小的时候就是在那块石头上碰出了脑袋上一个坑，后来倒是好了，但一摸，总会感觉有一个小坑存在着。得顺都想到了有一年黄鼠狼特别多，隔一段时间在半夜里就会听到鸡窝里的鸡们扯开了嗓子嚎，把个夜都扯得破破的了。

得顺想着这些，看到喜财走进了院子。得顺就跟儿子说，他要是走了，谁会跟喜财一起聊天喝酒呢。这是一个有点可笑的说法。但得顺这时候确实是这样想的。儿子就笑了笑，儿子不理解得顺怎么说出了这样的话。儿子都没怎么见过得顺跟喜财聊天，莫非还非要跟他聊天就不能去城里住了不成？得顺是得顺，喜财是喜财，喜财也就是村子里的一个老光棍，他们两个人倒是有什么关系呢？

喜财当然知道得顺的儿子是回来动员得顺去城里住了，得顺去不去城里住，喜财不关心，喜财是想着在得顺离开的时候，再跟他吃吃大葱炒鸡蛋，再跟他喝喝白酒。喜财这一来，倒让得顺跟儿子说出了这样的话。

儿子留下一些钱，叹口气走了，儿子以为这次会成功的，但得顺的语气再一次让儿子失望了。儿子真是越来越不理解这个把他养大的人了。儿子一直记着父亲曾经在自己小的时候说过的话，父亲那时候常说的话就是等儿子长大了在城里有了出息，他和老伴进城去跟着儿子享福。这么多年了，儿子感觉自己做的所有的一切似乎就是为了兑现这句话的。

得顺当然也不是经常跟喜财聊天，得顺年轻的时候都有些看不上这个喜财。这个喜财一辈子好吃懒做，连个媳妇都没娶上，真是活得还不如街上随意遛弯的狗。只是这人老了后，特别是老伴离开后，两个人常在一起坐坐，才开始多多少少说说话的。喜财家总是冷炕冷灶的，得顺有一口好饭，有一口白酒，也就叫喜财一块儿吃、一块儿喝。无论如何呢，也是在一个村子里待了 辈子的人了，坐在一起说说话，也就能说出好多以前的事情来。这样久了，倒是一天不见这个人，心里就觉空空的，缺了啥的样子。

都是一些熟透的瓜了，经不住风吹了。落得早的已经落了，还在的，也不一定在哪一天的哪一场风里，说落就落了。

也不知道是在哪一股风刮了后，这喜财也走了。前一两天还跟得顺一起吃大葱炒鸡蛋，大嘴大嘴地吃，似要把一盘散着绿莹莹大葱的炒鸡蛋一口都塞到嘴里去。他的脖子一伸一缩一伸一缩，很像是院子里的那只大红公鸡正在吃一条长长的虫子，还没等那饭彻底咽下去，却又端了炕上的杯子一口气把半杯酒倒进嘴里去。可是说走就走了，平时得顺真的把喜财当回事了吗，也不是。也就像是平日里在枝头上待着的那些家巴雀，来了就来了，走了就走了，从来就没有怎么留意过。可是几天不见喜财的面，却是觉得院子也是比原来空了，看看大门外边，没有个人影子。以为一眨眼就有影子瘸了腿，一颠一颠地进来，却是没有。等一等，还没有。

这个喜财莫不是又在哪混到好吃的了，就把大葱炒鸡蛋忘了？看看，好几天过去了，还听不到那"哧啦——哧啦"鞋磨地的声音，就披了衣服，似乎是无心地，顺了那条被破墙隔起来的街，往北走，拐过一个弯，爬上那个被杂草拥了的坡，站在几间破屋子前，也不进，也不喊，只等着。只等着那扇破门在突然间"吱"的一声开了，一颗邋遢得像乱鸡窝的脑袋先从门里晃出来。

却是没有等到。心里呢，就似乎有了一些儿气，就说：这个光棍猴，这个光棍猴……

就踱到那窗户前，抬了手，用蜷着手指头的手背在窗户上磕了磕。等等，没音。就又磕，这一次劲是用大了，感觉整个声音都传到坡下去了。感觉把一只鸡都惊到了，回头看，可不是，那只大红公鸡一直在后边跟着呢。见他看它，它也看着他，它眼睛里的光就看到他的心里去了。似乎是，它这一刻是理解他的心情的。

破房子里是不会有什么声音了，那个喜欢吃大葱炒鸡蛋的喜财睡在炕上，死了。死得跟他的院子、死得跟他的屋子、死得跟他的一生一样潦草。站在那个坡上，得顺心里的杂草在一瞬间竟也一点一点地长起来。不知道为什么，那一刻他似乎比老伴去世的时候还要悲怆，还要失落。这真是不太合理的，也就是一个经常到他那里混吃混喝的光棍，他跟他又有什么关系呢？得顺耷了手下了坡，拐了弯，走在破巷子里，往家里走，心里莫名地空落落的。回了头，看见那只公鸡跟在他的后边，也是往回走，他停下了，它也停下了；他看着它，它也看着他。没来由地，他的泪就出来了。

喜财没有家人，得顺跟村里仅有的几个老人草草地把他埋了。晚上回到家，面对着一盘大葱炒鸡蛋，面对着一瓶白酒，得顺整整坐了一夜……

儿子又回来了，儿子说，大，走吧。人都走光了，人真的都快走光了啊……

可不是，西头的秦寿到西坡坡上了，这个秦寿，人们一辈子都叫他"禽兽"，但是他比羊还绵呢；东头的许三虎到东梁上了，许三虎还比他得顺小个四五岁呢；坑院的连海不是也到乡里的养老院了？从西头到东头，从南院到北院，还有个谁呢，这村子还有个谁呢？年轻人们是早就走了，进城去了，在城里也许过得跟狗一样，但城里能找到活儿干，城里买啥做啥都方便，更主要的是，城里孩子能上个像样儿的学校，待在村里不都成"睁眼瞎"了？

大，走哇，你说你这……多难哩。你说你这……，我们不放心不说，让人说起来还不好听……我们都在城里混得好了，把一个孤单的老爹留在村里，这成啥了？

儿子自顾自说着，他呢，坐在院子里一动不动，他感觉有人在揪他的衣服，一直揪一直揪，就回了头看。他看到了那群母鸡，那群母鸡低了头看着地，地上总是有东西的，反正它们一直看着。他又看到了那只大红公鸡，大红公鸡没低头看地，大红公鸡是一直看着他的，见他看它，它眨了眨眼睛，就更加专注地看他。他的心就动了一下，他先前差点做出的一个决定就又动摇了。

我再待几年，就几年……。这一次，得顺的口气缓了下来，他的语气里第一次有了恳求的意思。还得等等，我得等这群鸡不在了……这似乎不是个理由，但大红公鸡跟着他从家里走到了坡上去又跟着他走回来，大红公鸡这一刻一直看着他，还有那一群母鸡们，它们在这个院子里都半辈子了，他一走它们该要去到哪里？我等它们都不在了，我就离开这个村子……

也就是几只鸡嘛，也就是几只鸡嘛……儿子不理解，一个人难道为了几只鸡也能成为不离开一个地方的理由？就是连得顺自己都不理解自己了，但他真是不想离开，他真是感觉他一离开就欠下了那只大红公鸡什么，就欠下了那群母鸡什么。

儿子无奈地走了，留下了得顺继续待在村子里，留下了一个做儿子的遗憾。

儿子是一直顶着一个不孝的名的，儿子都住在高档小区里了，可是他的父亲还待在一个偏远的小村子里，有人一问起来，儿子都不知道该说什么了。儿子每一次把实际情况说出来，都感觉到别人的眼神里有着什么东西，这种东西有时候让儿子都抬不起头来。到了最后，儿子都觉得自己说的话都是谎话了。

为了本村的一个光棍汉？呵呵……

为了一只公鸡和一群母鸡？呵呵……

呵呵……儿子总是能听到……呵呵……

儿子经常无奈地对着一句又一句"呵呵"，长长地叹出一口气。

得顺经常会给儿子装上他养的母鸡下的鸡蛋，他说那是最好吃的鸡蛋，不像现在人们卖的鸡蛋，都是饲料养大的鸡下的，白茬茬的，都吃不出个鸡蛋的味道来。这话儿子信，儿媳和孙子在吃鸡蛋的时候也都说得顺捎来的鸡蛋好吃。家里的鸡下的蛋，光炒出来的颜色就金黄金黄的，养眼。下锅一炒一股香味就出来了。但儿子吃着那鸡蛋，心里总是有啥东西堵着。

有一天，得顺早早地起来，推开了家门，跟以前的所有的早晨一样，他以为他一开门，会看到那群母鸡们踮了脚，扭着胖胖的屁股扭过来。而那只大红公鸡会很绅士地跟在后边，高高地抬着头，看到所有的母鸡都跑过去了，才迈着八字步跟过来。可是没有，院子里空空的，没有听到母鸡们扑扇翅膀的声音，也没有看到那只亮眼的大红公鸡。

"哪去了呢？"得顺探了头四周看看，鸡窝的门开着，跟以前没有什么两样。这些年鸡窝不用堵了，记得很早以前会有狼、狐狸和黄鼠狼什么的，半夜里总是要从鸡窝里掏鸡，所以每天睡觉前总得把鸡窝堵得严严实实。现在这些东西都消失了，所以鸡窝也不用堵了。

"咕——咕——咕——"得顺站在院子里喊，得顺的声音那些鸡们都熟了，平时只要得顺的声音一响起来，鸡们无论在多远的地方，都会跑过来，可是这一刻却安安静静的，什么也没有。

"这是哪去了？"得顺一遍一遍地说着。等了好长时间，还是不见。

得顺站在院子里，一直站着，一直站着，他总是感觉那些鸡们会在一瞬间从院门口跑进来，或者从墙头上飞下来。

鸡们莫名其妙地集体消失了。得顺一直想不通它们在一夜间到底去了哪里。

过了一两天，儿子回来了，好像他已经知道那群鸡失踪的事了。说起那群鸡失踪，儿子也并没有显得多么惊讶，倒是他的表情里多了一些说不出来的东西。得顺没有多想，得顺确实留恋那群鸡，得顺确实脑子里想着那只大红公鸡看他时的眼神，但既然已经丢了，还能怎样呢？再从哪里捉一群鸡崽，一年后就又长大了。

"鸡也不在了。"儿子说，"您还是到城里住吧。"

倒是，鸡也不在了，那群一直下着蛋的母鸡不在了，那个全身总是光亮的大红公鸡也不在了。还有什么能让他不去城里住的理由呢？

可是，可是得顺的眼睛却一直没有离开一个地方，得顺不说话，一直看着一个地方。儿子顺着得顺的目光看，什么也没有看到。似乎是，儿子真的什么也没有看到啊！但得顺的眼光里却塞满了东西，儿子感觉到得顺的目光里塞得东西都快要装不下了。

长久的沉默之后，得顺长长地叹了一口气。

得顺说："孩子啊，爹跟你说白了吧，爹是离不开那堵墙啊。这么多年了，爹是跟那墙一起过来的，爹是在梦里都感觉在靠着那墙睡觉啊。"儿子知道得顺说的是房子后边的老墙，城里的人把那墙叫长城，他曾经就领了人来看过那墙。小时候他以为那墙就是一堵破墙而已，他跟小朋友们在上边疯，在下边拉屎撒尿，有时候藏猫猫的时候，还会藏到墙下边的洞里去。长大后，尤其是进了城后，才知道那是中国最古老的一段长城。

"爹是真的离不开这堵墙啊。爹是感觉你的爷爷和你的爷爷的爷爷他们都在墙边站着，他们一直站在那儿看着我，他们离不开那堵墙，我也跟他们一样离不开那堵墙了。"得顺说着，眼睛还在看着那堵墙，他似乎不是在看墙，而是在看他的先人们。

泪慢慢地从得顺浑浊的眼睛里流出来。

儿子也随了得顺的目光看那堵墙，一直看一直看，可是儿子只看到了那墙上斑斑驳驳的影子，还有一大片一大片正在枯去的杂草……

暖 娘

一

上午八九点钟,从村南路口来了一辆小车。小车比平时的那些来村里视察过的领导的车好像大了一些,车子的上面还有架子,架子上放着好多东西。

俺娘正在家门口的南墙根晒太阳,太阳暖暖的,俺娘也暖暖的,太阳和俺娘让村子也暖暖的了。俺娘刚刚喂完了猪,把猪赶回圈里去。猪食盆里还有剩下的食,冒着热气,一群正在脱毛的鸡挺起不太整齐的尾巴,把头伸到食盆里吃食。盆里的食不多了,鸡们一点头一点头地吃,敲得薄铁皮做的食盆"叮叮叮叮"地响,让村子显得生动着。村子里的日子总是充满着猪们鸡们制造出来的声音,村子因为有了这些杂七杂八的声音而生动得不行。俺娘在这个空当,就走出院子,站在南墙根下晒晒温暖但不太炽热的太阳。不知道啥时候,俺娘形成了这个习惯。俺娘站在那儿,两只手在袖筒里操着,头也不怎么扭动,一直直直地,只是,一会儿把眼睛睁开,一会儿又闭上，俺娘也不看啥，静静地感受着太阳暖暖的抚摩。有一次俺娘也是站在南墙根下，站着站着，就感觉眼前有个人，挺像是俺弟弟。俺娘以为自己是在做梦，俺娘说这孩子，怎就梦见这孩子了？俺娘是自言自语说出来的，俺娘是在梦里用心跟自己说，但俺娘的话却说出来了。俺娘想自己不是刚刚喂了猪吗，自己不是在南墙根下站着吗，就站这么一会儿还能做梦？俺娘想自己真是老了。但俺娘听到了人说话的声音，俺娘还感觉到有人正在捉自己的手。俺娘就看见了俺弟弟，那真是俺弟弟啊，俺弟弟就站在俺娘的跟前。俺娘的心一下子就亮亮的了，俺娘说以为是做梦呢，以为是做梦呢，结果真是你站在我的跟前了。人这真是老了。

于是呢，以后俺娘就更是时不时要到南墙根下站一会儿了。俺娘站在南墙根下，俺村也就变得暖暖的，俺娘和俺娘的影子让俺村不像平时那样显得瘦瘦的了。

俺娘站着，俺娘听着鸡们用尖嘴敲打食盆的声音，感觉自己正在一下一下地变老。俺娘站在那儿，那些鸡们敲打食盆的声音就像日子朝前行走的声音，俺娘好像一直就站在那声音里，一刻都没有离开，一辈子都没有离开。俺娘就看到了那车。俺娘很少看到路上有啥，村子里的路走的人少、车也少，偶尔有，也就是一两个行人。走着走着，就消失到路的尽头去了。俺娘看着那车，感觉那车真是太像村里人死了要下葬的棺材。想到这儿，俺娘笑了笑，但随即就吐吐唾沫，俺娘是想把自己那个想法吐出去。俺娘没想到自己会那样想，俺娘觉得不该那样想，那样想会对别人不吉利的。俺娘吐吐，就怀着内疚的心专注地看那车。车在村口走得慢了，犹犹豫豫的样子，车头一挺一挺的，走走，站下了；站下了，再走走。有人走下来看看村子，朝俺娘这儿望了望，就又钻进车子。那人钻进车子，车子就朝俺娘开过来。

车子一直朝俺娘开来。路不是很平，车子一颠一颠的，俺娘想想，就觉得平时真是应该拿铁锹把那路修修，也不至于让外面来的人难走。自己走就走吧，惯了，也不觉得啥，外面的客人来了，人生地不熟的，真是在为难人家哩。俺娘的心就歉歉的，有啥说不上来的东西堵在心口上，俺娘觉得对不起别人的时候，总是这样的。

车子是一个什么剧组的，车上喷着字，花里胡哨的。人们一看就能知道，但俺娘不识字，俺娘没有上过学，好多年前村里扫盲的时候，学过，但也没识得几个字，学学，也就不当回事了。只就识得了自己的名字"蔡喜花"。俺娘其实已经把自己的名字忘记了，小的时候，家里的人村里的人，叫俺娘二女子，二女子长二女子短，好像俺娘根本就没有那个叫"蔡喜花"的名字。嫁过来以后，人们叫俺娘"黑豆媳妇"，黑豆是俺爹的名字，嫁过来以后，俺娘就随俺爹了。后来，俺哥出生以后，俺娘年龄逐渐大了，人们就叫俺娘"德人妈"了。德人是俺哥的名字。俺娘一出生就有了自己的名字，但俺娘从小到老都很少用过自己的名字。那年村子里扫盲，俺娘还不算老，但俺娘没当回事，俺娘说家里有"那一口子"识字就行了，我识字不识字有啥用？俺娘就没怎么用心去学，其实村里别的女人跟俺娘一样，大多数都是这样想的。一个女人，能做饭能下地干活就行了，外边的事情自然是由家里的男人去料理的，谁还会把心思花在那上头？到最后，俺娘也只能勉强把那个连自己都早就忘记的了"蔡喜花"写出来。

到了娘跟前，车子停下了。车门开后，下来几个人，一看就是城里人，穿着打扮挺特殊，有一个人娘感觉是男人，但还扎着辫子。娘不觉得如何，娘从来都不会对别人的装束打扮有啥说道，娘认为人各有各的作派，人家喜欢怎么弄就怎么弄，也不关别人啥事。娘喜欢打个比方，娘说朝阳花喜欢开黄花，胡麻喜欢开蓝花；果子喜欢结在树上，山药蛋喜欢结在地下，各有各的作派呢。俺娘就是这么一个人。

"大娘，您好啊！"车子里一共下来四个人，其中一个看上去年龄最大的人说。

俺娘看着那几个人，又朝自己的周围看看，俺娘感觉人家是在跟自己说话，就擦擦眼睛，搓搓手，朝那几个人笑着，说："好啊，好啊。"俺娘有些儿局促，不知道自己一下子该说啥。俺娘就一个劲地朝着那几个人笑。阳光暖暖的，俺娘的笑也暖暖的。肯定是，那几个人在乡村的草木的霉味里感觉到了这一点，其中那个女的就看着俺娘，目光里多了些啥东西。

"大娘，我们是长城剧组的，这是我们导演。我们要在这儿拍长城的电影。"另一个人对着俺娘说。这个人看上去最年轻，脸上还是孩子样的表情。看着俺娘不太懂的样子，年轻人又说："就是我们要拍电影，拍跟长城有关的电影。"

俺娘点点头，俺娘懂了。

二

俺娘看过电影，最早看的是《卖花姑娘》，好像。演的好像是一个朝鲜的卖花姑娘的事，俺娘看的时候，流了好多泪。那时候俺娘还年轻，俺娘看的时候就把那个姑娘想成了自己的姑娘。还有《地道战》《奇袭白虎团》啥的。那些年，村子里常演电影，公社有放映队，隔一段来村里演一场，白天就把电话打来了，队上就派了小驴车去接。村上只能派小驴车去，大马车不行。村里的大马车不多，春夏秋季忙的时候，大马车忙村里的事。春天夏天送粪、拉肥，秋天从地里往场上拉庄稼、往窖里拉土豆、往仓里拉粮食，在村南村北的土路上，吱扭吱扭的声音响个不停，好像有人还编过歌呢，就是赞扬社会主义的大马车。到了冬天，队里的事少了，除了隔一段时间到城里或者矿上拉一趟积起来的粪，基本上就没有啥事了。村里有人长期住在城里，专门掏城里人的厕所，为队里积攒大粪，村里人把人的粪叫大粪。俺爹就在城里待过，专门每天转城里人家的厕所，把城里的大粪掏出来，堆到一个地方，看看挺多了，就叫村里的车来拉回去。掏粪的时候，城里人看着俺爹辛苦，有人还把自己不再穿的衣服，给俺爹；有人还把孩子玩的不想玩的玩具给俺爹。俺爹就高兴得跟什么似的，总说遇到了好人遇到了好人。以后俺爹就有意无意地替那人家干些粗活，也算是个报答。还有呢，就是给村里各家各户到矿上拉煤，拉煤是村里人的大事，冬天冷，一到冬天就得早早地把一冬的煤备好，有了煤也就有了一个暖暖的冬天。拉煤需要排队，得跟村干部打好招呼。这还不行，还得跟车倌搞好关系，那样车倌会给你家安排早一点，拉得车也满一点。拉煤的车走得早，大五更就得走，走前给谁家拉煤就在谁家早早地吃饭，还要带上中午的干粮，到下午天要黑的时候，就咬扭咬扭地回来了。马也累，人也累，脱了烂羊皮袄，洗把除了牙白都成黑色的脸，就脱鞋上炕，吃饭。饭早就做好了，在锅里温着呢，就等着咬扭咬扭的声音，就等着空中"啪"的一声脆生生的甩鞭声。饭当然是家里最好的饭，一年里一家人都吃不到的，但拉煤的时候，却要给车倌做了吃。家里的孩子呢，也就眼巴巴地看着，期待着，等一会儿看会不会能剩下一些东西，哪怕只有一个碗底子。记得那时候在学校里写得最多的作文是《我的理想》，好多孩子作文里写的理想就是当一名车倌。大车忙，拉放电影的就只有用小驴车了。哪一天，一看见村里的小驴车走出村子，人们就知道要放电影了，就早早地做饭，就早早地拎了板凳到村子中央的空地上去，也就是为了占个好位子。现在村里不放电影了，就是放，也没有几个人看了。村子里年轻人都出去了，剩下的都是老人老汉了，平时里，村子里弥漫着一股老人气，就连那些高高低低的房子们，也是老气横秋的样子。再说各家各户都有电视了，谁还会坐在街上看电影呢。

长城俺娘也知道，就是村子后边的那道土圪塄，好多好多年了，村里人就叫那东西土圪塄。也就是土圪塄嘛，也没啥稀奇的，平时人们在那土圪塄下种田种地，放牛放羊。累了，就在上面坐坐，看看天，看看云，看看前前后后在风里飘来飘去的庄稼。还有的人家，也就图上个省事，有人死了，就在土圪塄下挖个坑把人埋了，远远地看，就能看到在土圪塄下面鼓起来的一个一个的坟头。当然，在土圪塄下做坟的人家，也是特殊的人家，没有子女的光棍汉，或者子女没有多大出息的，有人死了，也就简简单单地在土圪塄下挖个坑处理了，换了好一点的人家，是不会那样做的，怕别人笑话。人的脸，树的皮，在村子里让人笑话那是一件很不堪的事情。

　　这几年，来看长城的人多了，来看长城总要进村子里来，各色各样的人都有。村里人从来就没把那当回事，那么多年了，村里人谁都没有觉得那土圪塄有个啥，要不是怕破砖头烂石块弄坏了犁，早就犁了种上庄稼了。也就是近几年的事情，来看的人就多了，一拨一拨的，就像谁家有个好女子，上门求婚的人真是多了去了。偶尔还会来几个外国人，头发和眼睛的颜色都与人们不一样，就连说话也都叽里咕噜的，也不知道是从哪儿来的。一开始人们还稀奇，慢慢就习惯了。

　　"那可是宝贝呢，代表了几千年的华夏文化啊！"在村里人不理解的目光里，来的人大多会这么说。"一道烂土圪塄还能代表啥文化啊？"村里人在来人的话里品着味，就重新把目光投到那条见惯了的土圪塄上，就喃喃地这样说。说着说着，目光也就变得不一样起来。

　　"大娘，我们拍完电影得好几天，想在您这儿住下来。还有吃饭，我们在这里也不方便，看能不能在您家吃饭？"那个年长一点的导演说。俺娘的脸红了。俺娘一下一下地拿手揪着自己的衣服襟子，很局促很不好意思的样子。"我怕不行呢，我真的怕不行呢。"

走着去一个叫
电影院的地方

俺娘说，"俺们庄户人家，家里脏着呢，怕你们住不惯哩。"那几个人相互看了一眼，都笑笑，点了点头。"没事，大娘。我们不怕的，只要你让我们住，我们就很高兴了。"导演说。俺娘两个手搓着，一上一下地搓，俺娘不好意思的时候就搓手。"大娘，我们会给钱的。我们不会亏了您的。"那个小伙子说。俺娘的手停下了，俺娘看着那几个人，俺娘脸上的笑容也不在了，有点什么东西就挂在她的脸上了。俺娘说："你这孩子，你这孩子，看你这孩子……"俺娘一下子不知道说啥才好。

……

俺娘开始收拾上房的屋子。上房的屋子好久已经不住人了，窗户玻璃很脏了，屋子里也挂满了尘土。俺娘早早地生了火，先让炕烧着。冷炕了，一下子烧不热，得早早生上火，慢慢地煨着。俺娘开始掸屋子里的灰尘，屋子里到处都挂着一长串一长串的灰尘，俺娘就搬了凳子，拿了掸子由上到下由里到外一遍一遍地掸。掸了一遍，俺娘感觉尘好像还有，就又掸；再掸一遍，看看，我娘感觉还不净，就再掸。梯子很高，俺娘上的时候很艰难，但还是一遍一遍地上。俺娘的脸上都是汗了，掸下来的尘土到处飘，就沾了俺娘满脸，俺娘的脸就花花的了。掸完了尘土，就扫地扫炕。炕上铺的是席子，俺娘先卷起席子来，扫下面。炕是泥皮炕，用麦皮掺着泥抹的，俺娘把缝子都扫得净净的，她是怕缝子里有壁虱。以前墙缝里经常藏着壁虱，扁扁的，爬在人身上，一咬一大片，还让人浑身痒痒的。扫完了，又把席子铺上，一下一下地把席子擦了一遍。做完了这些，俺娘站在屋子里上上下下、左左右右地看，屋子里跟一开始大不一样了。屋子干净了，但还有点暗，俺娘看着，就把目光投到了窗玻璃上。玻璃也该擦擦了，玻璃不干净了，屋子里怎能显出亮堂来？俺娘就对自己笑笑，又摇摇头，俺娘是觉得自己看来真是老了，连这点都没有想起来。

村里有人来借农具，问俺娘："孩子们要回来了？"俺娘说："不是。""有亲戚要来了？""也不是。""那还要弄这么干净？""不是的，是城里人，来拍电影的，要住哩。""来拍电影的？""嗯，说是拍长城的电影。""现在这城里人不知道想啥哩，打那土圪塄的主意了。""怎就不是，不过人家有人家的道道，不是？""那差不多就行了，还费劲弄那么干净啊！""人家城里人，不弄干净点怎行呢？"

借东西的人走了，俺娘继续擦玻璃。玻璃擦完了，俺娘开始从柜子里往外取被褥。俺娘跟俺爹平时用的被褥很简单，而且都是旧的，每次当俺们要回来的时候，才从柜里取出新的来，让俺们用。俺娘取出被褥，闻闻，再闻闻，感觉有了味儿，是土的味儿或者是霉味儿。就挂在院子里的铁丝绳上，先晒着，过一会儿再拍打拍打上面的灰尘。拍着拍着，俺娘看见一个被子上有一片黑，用手揉揉，还在。俺娘心里就觉有点什么的样子，想想那几个城里人都干干净净的，尤其是那个女的，长得又好，白白净净的，真是干净到家了。俺娘就在心里抱怨自己，平时没事的时候，也不说把被子拆洗拆洗。

那些人到村子后面的长城边拍电影去了。俺娘一个人在家里忙乎着。

天上的太阳暖暖的，天上的太阳总是暖暖的，这么多年了，俺娘只要一抬起头看见那一轮太阳，心里就暖暖的，感觉那太阳一直对着自己笑呢。俺娘从小就没有爹娘了，一个人孤孤单单像一棵没有依靠的草，在岁月的风里总感觉冷冷的。所以俺娘见到一点光就暖暖的，而且很容易就会被什么感动。

看看太阳东南偏南了，晌午快到了，俺娘想想，就觉得该做饭了。

俺娘把家里的锅、碗、瓢、盆、刀、筷子什么的家具都细细地洗了一遍，有个碗上有个疤，俺娘以为是黑，擦擦，再擦擦。还是没有擦下去，才知道是个疤。想着换个碗，家里没有别的碗了，就只好将就着了。

"那其实是个疤。"俺娘说。俺娘好像是对谁说，俺娘其实是对谁说。

"洗洗，以为是脏，洗不下去；再洗，还洗不下去。原来就是一个疤。就像我家二孩子，脸上天生就有个疤。"俺娘先就笑了，俺娘说，"真的是，一个疤长在脸上，别人就给他起个绰号叫'一点黑'，为这个他小时候还真是天天洗脸特上心，总觉得有一天会洗下去了，却终是没洗下去。有人倒说那疤好呢。说是主贵呢。"

俺娘笑出声了。抬头看，跟前并没有人，俺娘脸就自个儿红了。俺娘是提前把吃饭的时候要跟别人说的话跟自己说了。

城里人爱干净，村子里平时不讲究，怕人家不习惯。又怕人家吃出个病呀啥的来。

三

中午那些人不回家来吃饭，俺娘说不吃饭怎中？人是铁饭是钢，一顿不吃……。说到这儿俺娘停下了，人家都是有文化的人，自己这样文绉绉的，让人笑话。女的就说，大娘，我们有干粮。说完她指了指一个大包。有面包、火腿、榨菜，还有牛肉干。干粮是顶不得饭的，俺娘一直认的是这个理。她认为热热乎乎的才是吃饭呢，干粮冷冷的，又干又硬的，吃了浑身不舒服。家里的人无论出门有多早，回来有多晚，俺娘总是做了热饭，这样子才感觉心里踏实。前几年俺爹还种着地，俺爹犁地的时候有时候为了节省时间，中午不回家吃饭，俺娘无论多远，总要搋着小脚提着"二人"罐子把饭送到地头上去。那种罐子细细长长的，不知道人们为啥叫"二人"罐子。

"干粮怎么能顶饭呢？"

"大娘，我们平时就是这样的，没事。"

"你们也真是的，要是让你们爹娘知道了，还不骂死你们？"

一群人都笑了。其实俺娘不知道，那个留长头发的男人已经快70了。俺娘长得成老人的样子了，但俺娘的年龄还只是65岁。

俺娘先压粉，俺娘压的是土豆粉。俺们那地方，产的最多的就是土豆，土豆做出来的饭最多。有客人来了，总要压土豆粉，细长细长的，吃在嘴里，那个顺溜，那个筋道，吸到嘴里，吱一声就顺下肚子里去了。外面的人第一次吃，都不知道怎么进的肚。俺娘先用热水把粉面扑上，粉面就结了硬硬的疙瘩块。再慢慢地和起来，等把所有的疙瘩块都和在一起，成了一大块面团，就能压了。俺娘用的还是那种老式饸饹床子。老式饸饹床子结实，用起来得劲，是俺爹早年做的。俺爹是木工，手艺一般，做的活不巧，都笨笨的，但用起来却稳实。村子里好多家的饸饹床子都是俺爹做的，人们家里面的细活，比如做个衣柜啥的，不用我爹，但做饸饹床子都让我爹做。我爹做的饸饹床子经压，多硬的面放进去，只要人有劲，都能压下去，而且从来不会发出"吱吱呀呀"的声音。况且，别的木匠也很少揽着做这活，这活不算个活，还费事。当然人家也都不屑去做，为这都还编了句顺口溜：二半子做饸饹床，笨活。这明显是在贬我爹，但我爹啥也不说，只笑笑，把一个一个饸饹床子做到人们家的堂屋里。

锅里的水开了，俺娘把饸饹床子架在开水锅上，把饧到了的面团塞到饸饹床里，踮了脚尖探着身子用胳肘窝压着饸饹床杆，使足了劲压。细细长长的粉条就从饸饹床下的小洞里挤出来，边压着，俺娘还要用筷子把沸腾着的水里的粉条挑挑，怕它们粘连在一起成了块儿。粉条压上了，一团一团地放在笼里，就开始削土豆了。村子里没有别的，买个啥又不方便，所以有客人来了，也大多是土豆烩粉条。烩好了菜，让菜在灶上慢慢地炖着，俺娘开始做主食。

俺娘做的是炸油饼。

俺娘做的饭好，最好的还是炸油饼。俺娘的炸油饼，炸出来又脆又香，加上是用的家里上好的胡麻油，吃在嘴里，那个味，过好长时间都在。那些年村子里有放牛放羊的，轮流着在各家吃饭，都说喜欢吃俺娘的炸油饼。东头的刘得月还专门让他老婆来跟我娘学学，他老婆倒真是来跟俺娘学过，回去自己做，跟俺娘的做法一样，但出来的味道却不是那个味。

油饼炸完了，灶上烩着的菜也行了。俺娘又做了个地皮菜炒鸡蛋。

地皮菜是俺娘从野地里捡回来的，村子后边的一块荒地里每年都会有不少地皮菜，一到了春夏季节就有了，黑黑地散落着，跟羊粪蛋混杂在一起。俺娘眼有些化了，有时候捡起一块来，以为是羊粪蛋，顺手就要扔，却觉得绵绵的；有时候呢，以为是地皮菜，正要放进兜里，却是圆的硬的。对城里人来说，地皮菜是稀罕货，前些年村子里有人捡了地皮菜去城里卖，一斤能卖一百多块呢！听说这些年城里也有人专门人造地皮菜了，这人一造，啥也就变味了。鸡蛋是俺娘喂的鸡下的蛋，城里人把这蛋叫土鸡蛋，土的东西不好，但现在城里人却越来越追求这个土了。

俺娘走出院子，看看天，日头到正南头了。再看身后，影子缩成一点点了。娘知道是正晌午了。其实家里有表，俺娘也能看的，但她习惯了看日头，她的概念里，中午就是太阳到了正当头的那会儿，也就是身后的影子缩得最小最小的那会儿。

提着饭往北面走，娘一直追着自己的影子，娘走影子也走，俺娘是跟影子连在一起的，俺娘一直记着一个谁说过的一句话：影子没了，人也就没了。这话，俺娘信，俺娘送她爹她娘的时候，就总在想，他们的影子是不是也走了？好像是有好多次，她似乎是看见他们的影子了。

　　长城在村子北边，村子是县城最北的村子，过了长城就是内蒙古了。俺娘是东边另一个靠着长城的村子的人，俺娘也是长城边长大的。俺娘在长城上疯过，也从长城边上捡过砖块，捡上了，就拿回家去让她爹盖了猪圈。是很小的时候，俺娘在长城边上玩，让一只路过的狼叼了脖子，幸亏远处田里有人看见了，藏在一条土圪塄后边，等狼跑过的时候，一下子站起来，狼受了惊，放下她跑了。娘说这也是命，如果人们看见了狼叼着她，一直追，狼抛下她的时候，会开了她的膛才离开，那样她会必死无疑。娘至今脖子上都留着一个疤。有了那一次，俺娘就很知足，似乎生活中的一切都是她额外得到的。

四

　　娘远远地看见了一群人围在一起正在看拍电影。村里人都是老弱病残的人或者一些小孩子了，平时没有啥看的，一下子来了人在土圪塄那儿拍电影，兴奋得就像是过年一样。连平时都不怎出门的全生妈也拄着一根棍子出来了。全生妈跟俺娘说，看看那闺女长得好看的，跟那海叶比起来，真格儿是……海叶是村子里长得最好看的女孩，全生妈一直想让全生娶了海叶当媳妇，可海叶妈不同意。海叶妈是看不上全生家的那几间土坯房。海叶妈说，我们海叶不找个城里人吧，还不找个住砖瓦房的人家？全生妈就说，土坯房怎了，土坯房里还不活人了？海叶妈就用鼻子哼了一声，活跟活就不一样了。后来海叶嫁到县城里了，有时回村子，海叶喜欢把头抬得高高的。慢慢人们知道了，海叶是嫁给了县城一个烧锅炉的，就都说，海叶原来是嫁到城里烧锅炉去了。海叶妈听到这话，就很生气，说烧锅炉怎了，烧锅炉也是城里人，嘿！

俺娘说在我家住着呢，这不，我给送饭来了。俺娘让全生妈看了看手里提着的罐子和一个包。罐子是以前的那种罐子，老早年爷爷和爹出地干活的时候，娘就拿那罐子装饭，送到地头。罐子肚大口小，把饭菜装进去，口儿用盖一盖，再用衣服或者布包起来，里边的饭菜一天都不会凉了。俺娘是用罐子装了烩菜，用布包包了炸油饼。俺娘弄了好多好多炸油饼，拿了不少，家里还有。只怕那些人不够吃，她就再回家取上送来。全生妈就睁大了眼睛，说，真格儿的在你家住着？俺娘就笑笑，说怎就不是哩，怎就不是哩！俺还知道那个扎长辫子的男人是导演，看上去很年轻，其实已经七十岁了。那个闺女叫心子，多奇怪的名字。俺娘一边说着，还让全生妈看看手里提着的、胳膊上挎着的东西。俺娘脸上放着光，太阳光一照，俺娘脸上的光就显得更加生动了。全生妈就不再说啥，全生妈就扭了头再看那几个人拍电影。全生妈的神情显得寡寡的，看着看着，就拄了棍子一颠一颠地往回走。

俺娘挤进了人群，见里边的那些人正忙活着呢。那个长头发的年纪大的人指手画脚，指挥着别人，手挥来挥去，头发甩来甩去。一会儿说开始，所有的人就开始忙；一会儿说停，所有人都停下了，看着他。有几个人在摆弄机器，也不知道是啥机器。还有一个高高的架子，车就那么几辆车，俺娘没有见到他们拉了那架子来，不知道那架子是从哪里变出来的？那姑娘和另外的人则在长城边上来来回回地折腾。俺娘的注意力一直集中在那个女孩身上，俺娘真把她当成自己的闺女了。演着演着，一个人走上去生硬地把那女孩抱住了，还一下一下地扒她身上的衣服，女孩喊着叫着，挣扎着，慢慢地喊声变成了哭泣。俺娘一下子呆了，俺娘想，这好好地拍着电影，怎就折腾起闺女来了？俺娘看看长头发的老男人，长头发的老男人脸上没有一点笑，冷冷地看着。再看别的人，也没有啥表情。女孩子的声音越来越亮了，是撕心裂肺的那一种。不要……，不要……

这撕心裂肺的声音真格儿的是撕了俺娘的心也裂了俺娘的肺了，俺娘的脸都变青了。

做啥哩？做啥哩？俺娘连手里的饭也不顾了，疯了一样奔进场子里，跌跌撞撞地朝着女孩跑去，边跑边喊：你们做啥哩？你们做啥哩？

正是秋天的天气，秋天的长城边上总是有风，风把俺娘的头发吹起来。那一刻俺娘很像是一个护着小鸡的老母鸡，夯起了翅膀，撕开了嗓子大叫着，扑向那正在侵犯自己可爱的小鸡的坏蛋。

现场工作的剧务人员惊呆了，围观着的群众也惊呆了。架在四周的机器却还在一点一点地录着镜头。

俺娘跑过去，生硬地撕着拉着正折腾女孩子的男人："你是做啥哩？你是做啥哩？"俺娘一直在说，一直在说。那男人也被这突如其来的情况弄愣了，他感觉到了这个看上去已经头发苍白的老人强大的力量。女孩也愣住了，她呆呆地看着俺娘，眼睛里满是惊恐。

"大娘我们是在拍电影哩。"过了许久，那个男人终于明白了什么，跟俺娘说。

"拍电影也不能这样折腾闺女。"俺娘气愤地说。边说边拉着女孩，就像拉受了委屈的自己的闺女。

"大娘，我们真是在拍电影哩。"女孩子也跟俺娘说。

"闺女，拍电影大娘也不能让他们这样对你，拍电影大娘也不能让他们这样对你。"俺娘理理女孩子的衣服，还一下一下地拍着她身上的土。在淡淡的太阳下面，俺娘弯着腰的样子，让所有人的心都变得柔软起来。

"大娘，没事的，这只是在拍电影。电影里需要这样的镜头。"女孩子又说。

"真的吗？真的吗？可是大娘不愿意看见他们这样对你啊，可是大娘真的不愿意看见他们这样对你啊！大娘听到你那声音，心就

走着去一个叫电影院的地方

像被啥东西撕着扯着似的。"

五

俺娘真把叫心子的女孩当成自己的亲闺女了。她让那些人睡一个家，让心子跟自己一块儿睡，一到晚上俺娘早早就给心子准备了洗脚水，还把被窝早早就暖上了。俺娘活了那么大岁数，很少洗过澡，一年里也很少洗脚，但俺娘知道城里人喜欢天天洗脚。儿子们都念成书到城里工作了，娶了城里的媳妇，生了孩子，有时孩子们回家，就把城里的习惯带回来了，别的不说，每天洗脚都是必须的。俺娘一开始看不惯，也不是俺娘一个人看不惯，村里的人对这一点都看不惯。有一个笑话，村里的一个小年轻外出当兵，探亲回家，晚上要用热水洗脚，让他爹把烟锅敲在了头上，说你个臭小子，出去几天就不成个人样儿了，你老子快一辈子的人了，连脸都很少洗，你倒好，还要天天洗脚，你以为你是皇帝啊！但俺娘慢慢就习惯了，俺娘知道城里人爱干净，不像村里人，况且有些事情一习惯了，不做就会难受，俺娘总是会用很简单的方式把一个问题想通。比如那几年俺娘一直下地干活，尽管干着累，但干一天回来，躺在炕上会睡得很香，突然有一天不干活了，倒真是觉得就不习惯了呢，躺在炕上全身不舒服，又说不上到底哪里不舒服。

俺娘总说，闺女啊，你这出来拍电影也太辛苦了。你看俺们村的那些女孩，哪个能像你这么俊，可是她们在家里父母宠着，到时候嫁个男人，只做做饭，生个孩子就在家带孩子，也不用去干啥，多好啊！也不知道你爹妈是怎么想的，让你出来拍电影，苦的，连饭也吃不好，连觉有时也睡不好，你要是俺闺女，俺真不让你出去，俺是真怕你受了罪。

"不是的，大娘。不是这样的，我是自己要出来的，城里的女人和村里的不一样。城里的女人也有自己的事业。"

"啥事业不事业，女人干事业，那要男人们干吗呢？一个女人就是在家里做做饭，拉扯拉扯孩子。外面的事情叫男人们去干，嫁汉嫁汉，穿衣吃饭。难不成还要让女人养活男人不成？"

"大娘，其实女人和男人一样，女人也要走出家门，做自己想做的事。女人也可以当老师，女人也可以当工程师，女人也可以当演员。当然了，女人也可以当大官。您说是不是？"

"那成啥了，公鸡打鸣，草鸡下蛋。各有各的路数不是？难不成还让草鸡打鸣不成？"

"没有的。您是不知道，古代有一个叫武则天的人吧，人家一个女人，也不当了皇帝吗？你是不知道，外国有个女人叫撒切尔，人家不是就做了英国的首相吗？"

听到这儿，娘一下子瞪大了眼睛，吃惊地看着心子："啊？一个女人当了皇帝？"

"是啊！一个女人当了皇帝，还是一个很厉害的皇帝。"

"那怎么得了，一个女人当了天下最大的官？那天下的男人们不都成了怂包？天下不是要大乱了？"

"不是啊，大娘。男人能做的事女人们都能做。倒是女人能做的事有的男人不一定能做，你说是不是？比如女人能生孩子，男人能吗？"心子这句话是在逗娘了，说着话，她还朝俺娘挤了挤眼睛。

俺娘一直想着心子的话，俺娘不知道什么武则天，也不知道什么撒切尔，但有一点俺娘是坚信不疑的，那就是一个年轻轻的女孩子不应该在外边受苦受罪。俺娘没有女儿，但俺娘感觉所有的女孩子都是俺娘的女儿，俺娘看到像心子一样的女孩子在外边受苦受罪，就心疼得不行。

六

　　长城的电影拍了十多天，俺娘每天早早地做了饭，早早地捯着小脚送到拍电影的地方去。俺娘不忍心让他们在野地里吃那些饼干呀点心呀方便面呀什么的，也许那些东西比俺娘做的饭贵，但俺娘总觉得那些东西不能顶饭吃，俺娘一直把热热乎乎的东西叫饭，而把那些饼干呀啥的叫成干粮。吃干粮是没办法的事，比方早些年爹要走远路，娘就准备一些干粮装在口袋里，让爹背在身上。平时家里有人吃饭，娘从来不凑合，总要把饭做得热热乎乎的，饭盛进碗里，碗握在手里是热的，还会冒出一股一股热腾腾的气来，俺娘认为这才叫吃饭。吃点别的啥冷东西干东西，那只能叫"压饥"。特别是对心子，俺娘总怕她受了啥委屈，太阳足的时候，俺娘会给心子拿　块塑料布，让她顶到头上；有风的时候，俺娘会拎一块头巾，让心子披上。其实心子从来没有顶过俺娘带去的塑料布，也从来没有披过俺娘带去的头巾，但俺娘总是乐此不疲。

　　电影拍完的那天晚上，一群人在家里喝了酒。有白酒有啤酒，一群人都喝。连心子也喝了。俺娘做了最好的饭，有炒鸡蛋，有烩粉条，她还专门让人从城里捎回了猪肉和鱼。这么多天了，没让他们坐在炕上好好吃上一顿饭，俺娘一想起来就觉得心里有点那个啥。

　　长头发的人对俺娘说："大娘，这几天给你添麻烦了。"

　　俺娘说："你这是啥话？"

　　另一个人说："大娘，你也喝点酒吧。"

　　俺娘说："长这么大，我就没碰过酒。舔一筷子头，就晕。"

　　心子给俺娘倒了一杯啤酒，跟俺娘说："大娘，这个酒不辣，是液体面包哩。"

　　俺娘说："俺不喝俺不喝，俺长这么大了没喝过酒，俺这么大了再喝上酒，那成啥了那成啥了？"

一群人都笑了。他们不再管娘，开始喝酒。每个人的面前都放了满满一杯白酒。他们喝得很热闹，不像那几天拍电影时那么正经了。

他们喝着酒，还说着笑话。只要有一个人说了一个很好笑的笑话，别的人就一阵大笑，接着举起手中的杯来，一碰完就干了。心子也喝，俺娘看看心子的杯，跟别人的一样，也是满满的。就在心底说：这个傻闺女，怎能像爷儿们一样喝酒呢？这个傻闺女，出来也不懂得保护自己？

酒越喝劲头越足了，一开始是大家碰着喝，慢慢就是人跟人相互逼着喝了。这场面，俺娘也见过，并不当回事，只是闲坐着看他们喝酒。喝着喝着，就感觉都有点多了。俺娘好几次想把心子的杯拿开，但看看，就没拿。她想他们喝得差不多就不喝了。

有一个男的，不知道因为什么，正逼着心子喝，心子看看酒杯，皱了皱眉头，没喝。那个人欠起身子，端起心子的酒杯，一扯心子的衣领子，就要往心子嘴里灌酒。心子往后躲着，使着劲想要躲开那杯酒。那个人朝前逼着，硬要让心子喝下去。

俺娘看着看着，趁人不注意，一下子坐起来，从那个人的手里把那杯酒夺过来，灌进了自己的嘴里，酒呛得她差点没有出上气来，但她却咳着喘着，一个劲地说：一个男人，怎么能欺负女人？一个男人，怎么能欺负女人？

一群人看着俺娘，都呆了。

七

一大早，一群人忙着装车，忙着收拾东西。

俺娘一直揉眼睛，俺娘看看这个，再看看那个，俺娘总感觉是家里的什么人要出远门，生怕丢了这落了那，生怕自己有一句话说不到。

俺娘给心子做了鞋垫，是几朵很好看的花。俺娘年轻的时候做的鞋垫特别好，村里头好多人都让俺娘做。家里的人，每个人都有俺娘做的花鞋垫。这些年年纪大了，眼睛也花了，俺娘就不做了。不知道是什么时候，俺娘竟然给心子做了一双鞋垫，那该费了俺娘多大的劲啊！

俺娘说：闺女啊，出了外得学会照顾自己，离开家的女孩子，在外边苦着呢，也没有爹娘照应，可得小心着呢。

心子拿着俺娘做的鞋垫，左看右看，她还从来没有见过这么好看的鞋垫，她的眼睛就涩涩的。

俺娘又说：以后有空了，就来大娘这儿住几天，大娘给你做好吃的，这几天你们忙着，大娘也没有好好照顾你。以后闲了，就来，大娘再给你做些鞋垫，你来了取上。大娘老了，眼睛不好，这鞋垫做得针脚也粗了，颜色也搭配得不好，慢慢的，大娘给你好好纳两双，等你结婚的时候，你穿一双，你对象穿一双……

俺娘说这话的时候，根本不像是跟一个才认识几天的女孩子说话，而是像跟要出远门的自己的闺女说话。

一个男人逗大娘说：大娘，要不把心子给你当了女儿算了。

大娘就说：你这孩子，莫非心子不是我的女儿？

装好了东西，一群人上了车离开了，大娘站在村口一直望着，一直望着。直到车子下了一个坡，什么也看不着了。

回到家里，大娘看见家里的油布下面压着几张钱。那是那个长头发的导演给留下的，他说这几天辛苦俺娘了，给俺娘留点钱。俺娘推着，一直没接。那人说怎么能在你这儿白吃白住呢？俺娘说就吃点家常便饭；就住住，又不是把炕就压塌了？

那人还说，俺娘应该收下那钱的，俺娘也是电影里的演员。俺娘就脸热热的，俺娘说别羞俺了别羞俺了。其实俺娘真是电影里的演员，那一天俺娘冲进现场保护心子的镜头全都录下来了。剧组的人说，那个镜头估计是电影里最感人的镜头。

俺娘一直不收，那人就不坚持了。俺娘以为他把钱装起来了，却不知道他把钱压在油布下面了。俺娘拿着钱，推开门跑出来，捯着小脚朝大路上追，边追边喊：这成啥了，这成啥了……

俺娘在家里贫穷的那些年，曾经为钱发过愁，但这一刻握着剧组留下的钱，却像是握着债一样。俺娘不知道她还能再见到他们不能……

怀念水

一

小豌豆特别好看，灰皮黑点儿的，像蛇一样。只是，蛇是长的，小豌豆是圆的。

米老爷子面前一堆，米老太太面前一堆。

"你说今天是几号？"米老爷子问米老太太。

"三号？还是四号？"米老太太不太确定。

"到底是三号，还是四号？"米老爷子紧逼着米老太太问。

"三号。"米老太太犹豫着说。

"确定了？"米老爷子进一步跟进。

"不，是四号。"米老太太又改口说。

"你这个人啰哩啰唆的。到底几号？"米老爷子的口气似乎是已经赢了，他的手在空中扬着，准备随时从米老太太的面前捏走一颗豆了。

"那就三号。"

"就是三号？"

"就是三号。"

"输了别生气啊！"米老爷子语气软了下来，没有刚才那样底气足了。其实米老爷子心里也没底，他真的不知道今天应该是几号了。

"三号，就是三号……"米老太太倒又硬了起来。

两个人总是这样，一个人硬的时候，一个人就会软下来；一个人软下来呢，另一个就硬起来了。熟悉的人都说，两个人能一辈子安安稳稳地过下来，多少也是因为了这个。一软一硬，一硬一软，生活就少了许多磕磕碰碰。

"那好吧。"米老爷子站起来，挪着身子朝客厅里走。还真是，这日子变成啥了，连日历上的日子也懒得看了。每天重复着过，每天都是一个样子，好多时候把日子过到什么时候都忽略了，好像一直待在某一个固定的时间的房间里一样。

米老太太看着米老爷子去看日历，眼睛睁得大大的。她是在紧张地等着。

以前不是这样的，他们两个人都是时间观念很强的人。米老爷子在一个机关当了好多年办公室主任，每天早早地就到了单位，晚上回得却迟。人们说有米老爷子一个人，单位的门就永远开着。多年的习惯了，早晨早早就醒来了，想想一天要干的事，然后就到单位，忙碌的一天就开始了。几月几日当然是要记住的，全局上上下下的工作都要办公室协调，没有时间观念，肯定不行。不说别的，就单位所有办公室、所有人的电话，米老爷子一张嘴就能说出来。别人以为他专门记过，其实没有。在工作中他很随意就能说出一个电话来，似乎是一种程式，一个人懒得查电话表，说出一个人的名字，米老爷子想都不想，就能把对应的电话随口说出来。别人问他怎么记得那么牢，他说也不是记，不知道怎么只要提到一个人或者一个办公室，某个号就从脑子里蹦出来了。

许是办公室主任的特殊性吧，一般单位的办公室主任大多都能提拔，米老爷子当办公室主任多年了，却一直没动。先是市里整体不动，后来市里要动了，单位却变了，机构改革，几局合并，局领导拉长板凳一坐，就把后面的人挤到十来丈远的地方了。

"这是命啊！"在一个不晴不阴的日子里，米老爷子长叹一声，不甘心地从办公室主任的位子上退下来了。真是干不动了，这么多年咬着牙，也就是为了最后有一个结果，但眼睁睁看着树上的花年年开，就是见不到果子。米老爷子再一次咬咬牙，朝着待了多年的办公室看了最后好几眼，彻底地放下了。

米老太太当然也不是。她虽然一直在村子里待着，但时间观念很强。她要种花种菜，她要养猪养鸡，她要腌咸菜，她还要晒被子……一年四季一件一件事情排着队，在她的身边等着，她也就把日子打理得整整齐齐，什么时候要做啥了，心里都明镜一样，每一个日子都准时地精确地出现在了她的生活之中。

可是现在，他们不知道某一天是哪一天了。

过了一会儿，米老爷子的笑声从客厅里传出来。米老爷子的笑声总是很夸张，不知道的人有时会突然让那笑声吓得心跳起来。听到米老爷子的笑声，米老太太的心确实跳了起来，不是被惊得，是知道米老爷子这么一笑，说明他赢了。

果然，米老爷子得意地叫了起来："你错了，你错了。"边叫还边把胳膊扭着，伸出食指和中指，庆祝胜利的样子。

走过来，米老爷子就从米老太太的面前捏走一颗豆子。米老太太当然不甘心，她鞋都没顾上穿，光着脚就下地朝日历跑过来了，她认真地看着日历，看着看着，也笑了。她的笑没有米老爷子的响，但却很是得意。回到床前，她话都不说就又从米老爷子面前捏了一颗豆子，捏起来了，又不甘心地放下，然后捏起两颗来。

"哎，哎，怎么回事，你怎么捏我的豆子？还是两颗？"米老爷子急了。

"当然得捏你的豆子啦，你看看你看的是几月，现在明明是五月，你却看成六月了，你哄我啊？你能哄了我啊？这么多年了，我心里明白着哩，如果我不愿意，没有任何一个人能哄了我。你想想谁能哄了我？你个老东西竟然想哄我！"

"那也不能捏我两颗豆子啊！"

"怎么不能，怎么不能？你没赢，却捏走我一颗。我赢了，本就应该捏你一颗，这一里一外不是两颗吗？"说着，米老太太又把捏起来的豆子放下了："哎，不行，你还得赔偿我的损失，你捉弄了我，还不得赔偿精神损失啊？"说着米老太太捏起三颗豆子放在了自己的堆里。

"你这人，你这人……"米老爷子显然是不甘心，但看看米老太太得意的样子，只长叹一声："好男不跟女斗啊，吾老汉今日对此话体会更加深刻了。"

米老太太朝米老爷子挤了挤眼睛："管它好男好女，捏住豆子就是好手。"

……

争执了一会儿，就这一件事也争不出个什么来。

米老太太看看自己面前比米老爷子多出了好多的豆子堆，突然说："你说这个礼拜大宝他们回来不？"大宝是他们的儿子。

"我怎么知道！"米老爷子说。

"我觉得回来。"

"我觉得不一定。"

"肯定回来。"

"不一定。"

"好几个礼拜了，大宝说加班，他媳妇也说忙。莫非会经常加班，经常忙？"

"年轻人有年轻人的事，或许是真的有许多事呢！"

"反正我觉得这个礼拜他们会回来。不信，打赌。"

"赌就赌，你说怎么赌？"

"他们要是回来，你输给我豆子。"

"豆子就豆子。"

"五颗。"

"五颗就五颗。"

说着话，米老太太伸过手来从米老爷子的豆子堆里捏豆子。

"哎，你做啥，你做啥？"米老爷子急了。

"不是你说的同意了输豆子吗？"

"我是同意输豆子了，可是你不能捏我的豆子啊！"

"你同意了我怎么不能捏？"

"你赢了吗？你赢了吗？"

"我怎么没赢了，我保证这个礼拜他们一定回来的。我昨天做梦梦见他们回来了，小宝走到院子里就喊我'奶奶'，你说这多长时间我没见到小宝了，他们大人不想我，小宝能不想我？"

"你这人，你这人，你想象着回来就回来呀？"

"我这人怎了，我想他们了，他们怎么不回来？"

"那也得等他们回来你才能赢我的豆子吧？"

"肯定这个礼拜回来，肯定这个礼拜回来。"米老太太语气很坚决地说，好像是，她要用她坚决的语气给谁传递一个信息；也好像是，只有这样，才能保证这个礼拜儿子、媳妇和孙子才能回来一样。

看着米老太太已经把豆子捏起来放在了自己的堆里，米老爷子无奈地摇了摇头，没再说什么，他的心里也似乎期待着什么，他倒是不敢保证这一次米老太太就赢了，但他似乎更想让米老太太这一次真的赢了。他跟米老太太打赌，也不是真的要赢，只是闲着没事干，打发时间罢了。想想，真的是，不知道小宝的个子又蹿高了多少……那小子上一次回来的时候给他讲了半个故事，说是他们班上的谁谁谁和谁谁谁怎么怎么了，现在的小孩子跟以前不一样了，才小学三年级就知道了许多离奇古怪的事，不过他不管这些，他还等着小宝回来把下半个故事补齐呢。

二

豆子游戏玩着玩着，也就腻了。

米老太太长长地叹了一口气，米老爷子也望着屋子里的一个什么地方，脑子里似乎想着啥，又似乎什么也没想。

窗子外边，火车的声音"轰隆轰隆"地响了一会儿，然后一声长鸣，寂静下来了。这是铁路职工家属区，在市区的边上。东边，是那个几十年了一成不变的火车站，高高的钟表也走了许多年了，表里的针看着不动，却一直动着，米老爷子总想，这钟表总有一天会像他一样老得走不动，老得没牙了，老得再也与这个世界没有任何关系。家属区的西边是一个自由市场，做啥的都有，一开始他和米老太太还去那里转转，但慢慢就不去了。他们是受不了那里杀猪杀鸡时动物的叫声。有的时候，有人还会把一头活牛赶到那里，活活地杀掉，然后一点一点地剥皮，一点一点地把肉切割开卖掉。有一次他们正好碰到了杀牛，那头牛被人摁着，眼睛睁得大大的，一滴一滴的泪从眼里流出来，那眼神和那眼泪跟人真是没有多大区别啊。他们也受不了那里到处都会见到的鲜红的血和动物杂乱的毛。以前还经常吃肉，在那里转过几次后，就都吃不下去了。

挨着自由市场的地方，有几间简陋的房子，一个佝偻老人每天会从别处拉来破烂，有烂纸破鞋，有废暖瓶旧麻袋。很担心那个老人会在突然的某一天倒下去，但却每天都一直动着，从一个不知道的什么地方用一辆又笨又破的小车，把各种破烂拉过来。以为他会卖掉，却一直见那破烂堆变得越来越高、越来越大，似要造一座破烂的山峰似的，也不见有个人来管管。

米老爷子以前在铁路上班，米老太太在村里种地。

米老太太离不开村子，她更愿意在农村的大院子里，养一群鸡，天天看着鸡们在院子里转进来转出去；她还在院子里种着一片金针花，一到夏天，金针花开得一片金黄，每天早晨起来，看着开得那么舒展的黄花，米老太太的心就特别开朗。她也喜欢在村子西的沟沿上种一片土豆，那条沟的沟底，是一条河，春、夏、秋三季水畅快地流着，站在土豆地里给土豆苗翻土的时候，听着流水的声音，啥也不想，感觉全身都很畅快。

米老爷子也喜欢村子，一到休息的时候，他就会回到村子里去。从城市的边缘回到农村，他感觉天也高了，星星也亮了，特别是那空气，感觉就像是流动的水，吸一口，清凉清凉的，全身都一下子滋润了。村里的人都羡慕米老爷子在城里有工作，但米老爷子一回到城市里就会感觉全身不舒服。不是为了每月工资卡上的工资，他估计早就把城市抛弃了。

老了，村子里的生活不太方便了，在儿子的极力主张下，他们一起搬到了城里住。

米老太太一开始不习惯这里的生活，待在楼里，邻居都各忙各的，每家每户门都关得紧紧的，仿佛这个世界上根本就没有别人存在着。她开始在楼下到处转，看见在楼前边有一块空地，买了铲子，想种些花草，她首先想种的就是金针花，但还没等她动手，院子里的物业就把她制止了，人家说公共地盘，私人不能随便种东西。其实米老太太也就是想种些花草，等夏天的时候，让它们开出好看的花来，让院子里也有点色彩。但物业不管你的目的是啥，物业有物业的规定，不是谁想改变就能改变的。

米老爷子也是。不能回村子享受村子里的好了，就跟米老太太一样，心里失落得不行。老眼瞪老眼的日子，两个人总会说起那个村子的东西，也总会想起村子里一切的好来。他们说得最多的，是河。

有一天，米老爷子握了一把豆子，站在阳台的窗户前。米老爷子探出头去，看着楼下，楼下是一辆又一辆的汽车。米老爷子一直盯着看，他看见一辆汽车开走了，又一辆汽车开过来。从高处看，那不像是汽车，倒像是一波一波的水纹。恍惚间，米老爷子看到的真是一波一波的水纹。米老爷子看见那水沿着西湾一直流，湾过了一个小湾，流过了一簇草、流过了几块已经发光的石块……在米老爷子的眼里，那流动的汽车已经真切地变成了村西的那条沟里的流水。

那是他梦里经常能看到的流水。

看着看着，突然之间，米老爷子做出了一个莫名其妙的动作。他从手里捏起一颗豆子朝着深深的院子下面抛去。

那是米老爷子很熟悉的一个动作，他按着记忆里的那个动作使劲地把一颗豆子抛出去。

然后，米老爷子静静地等着，他等了好长时间，等得让他绝望了，还是没有等到他要等的什么。再探头向下看去，跟他没抛豆子之前是一样的。

米老父子等的是声音。

他以为会有声音，他以为会听到曾经熟悉的声音。

然而没有。

寂静的窗外，寂静的湖，寂静的空气，寂静的生活……

寂静的，似乎一块石头扔下去都不会有什么声音响起来的日子。

米老爷子把手里的一把豆子全部朝着那寂静扔了下去。

三

小区的车接二连三地出事。

人们不知道自己的车停在楼下，怎么突然之间上面就有了坑。尽管问题不是太大，但看上去总是不得劲。

砸一个坑就砸一个吧，关键是，车上的坑越来越多。

前一段时间，小区里经常丢车牌，那是有目的的，偷车牌的人把车牌摘走，会给你打电话，让你准备多少多少钱，放在什么什么地方，然后再告诉你藏车牌的地方。这是某些小偷的生财之道，为了钱想点儿歪招还是可以理解的。车主也就破费点罢了。

可是车上接二连三地出现小坑，修又不值得去修，看着又挺别扭，越看越让人闹心得慌。

去找物业，物业转了一圈，认真看了看，说这是怎么回事，没见近日有不正常的人出现。以前附近有过一个神经病人，但好长时间已经不见了，近日也没见露面。也没见有谁家的小孩子有过不正常举动。况且这是个老小区了，住的大多是铁路的老职工，年轻人很少，小孩子也就不多。

物业说的也是，这种小动作，也就是行为异常的神经病人或者不上学的问题小孩最有可能去做，但这两种可能明显是被排除了。

那么车上的小坑是怎么出现的呢，总不会是外星人的恶作剧吧？外星人哪也不去，会专门到这个老小区来作怪？

有人开始咒骂，朝着一个地方。当然，也不知道应该朝着什么地方，就随便地朝着一个自己都闹不清楚的地方，放开了嗓子骂。

一个人在骂，两个人在骂。慢慢地，好多人都在骂。骂着骂着，最后好像不是在骂车上那些小坑的制造者了，竟变成了一群人叫骂的比赛。你五分贝，我十分贝，他二十分贝，一个比一个高，一个比一个亮。感觉谁如果不高不亮，就输给了别人似的。

这样的一个老小区，突然之间就热闹了起来。

没有参与叫骂的人们，都聚了起来，围着那些叫骂得起劲的人们，也不管他们骂什么，也不管他们为什么骂，只是在享受这一种与平常不同的气氛，像是看一场生动的文艺演出活动。这样的热闹场面，真是好久没有见到了啊！有好多人，曾经是很熟悉的人，平时住在一个小区，却很少见面。就是在这叫骂的场合里，难得地见了面。却原来发现都变了，黑头发变成白头发了，光脸蛋变成驴粪蛋了，老伙子变成老头子了。

鸽子们也来凑热闹了，在人群之间，在汽车之间，鸽子们"咕咕咕咕"地叫着，它们当然不是在吵架，它们是开心地在地上寻找着、享受着它们喜欢享受的食物。

但有两个人，却根本不知道下面正在发生的事情。他们正在争论用什么才能抛出"声音"来呢。

米老爷子已经不局限于用豌豆了。豌豆太小，抛出去就像一股风。或者，只像一口痰。一口痰出去，还可能带起一点风，一颗豌豆出去，有什么呢？什么也没有。像把一根草叶扔到了水面上一样。

米老太太说用玉米。

米老爷子说玉米还不是豌豆它表弟？

那就用花生米。

花生米？你要把我们米家的"米"都扔光了？

说完这话，米老爷子笑了。他为他的这句话感到得意。米老太太也笑了，她说想不到我家老头还挺幽默。她真的一下子觉得米老爷子还有幽默细胞呢，这么多年了，怎么就一直没有发现呢？这么多年了，一直泡在油盐酱醋里，一直泡在生活的琐事里，一直泡在孩子要吃要穿要上学的水流里，看对方就是那么熟悉得不能再熟悉的一只手，或者一件衣服，或者一个扫地的扫帚，根本就没太注意到，他还能说出那么"高"水平的话来。

米老爷子手里握着两颗核桃，一直把玩着。米老爷子想事的时候，喜欢在手里握两颗核桃，核桃在手里转着，脑子在脑袋里转着。转着转着，手里的核桃一停下来，说明脑子里就有想法了。

米老爷子手里的核桃一停下了，脸上就露出笑来了。他得意地朝着米老太太做了个鬼脸，脸上的笑也坏坏的。米老太太看着米老爷子，也笑了。

几乎是同时，两个人说出了同样的两个字：核桃。

四

是谁突然发现的呢，小区在某一天少了一种东西。

少了什么呢，想想，再想想，还是想不起来。

肯定是少了什么嘛，要不对着小区的天空心里怎么就空落落的呢？

噢，对了，是鸽子。

记得以前，小区里并没有鸽子，老小区了，住得年轻人本来就不多。好多老人连自己都懒得养活了，还养鸽子？但从什么时候开始呢，鸽子似乎多了起来。也就是近些时的事吧。鸽子多起来后，连麻雀也跟着凑热闹了，它们穿插在鸽子中间，一副见到了外国人的样子，新鲜着、好奇着……连蹦蹦跳跳的步子都与平时不一样了。

可是，可是，为什么在突然的某一天，这些鸽子又莫名其妙地消失了呢？电视上天天在演马航失联的事，莫非是受了马航的启发，这些笨鸟们也玩起了失联？它们失联了，谁又会牵肠挂肚地去找它们呢？不在就不在吧，又不是身边的一个什么亲人失联了？又不是嘴里能说出来的什么重要物品失联了？又不是一段刻骨铭心的爱情失联了？

话说回来，又不是载着152名国人的马航失联了？

但某种东西一下子在生活中出现了又一下子消失了，终归是让人心里有点那个啥。

那一天保安发现了五楼一户人家窗户上的两个人影。他们专注地做着什么，手一挥一挥，似乎是，两个人还说着话。两个人像在争论着什么，当然站在墙拐角处的保安听不到。保安站在这栋楼的墙拐角有一些日子了，他要破这个案子，即使是外星人来了，他也得看到外星人到底长了几只眼几只手。如果把外星人捉住了，或许能开个外星人展览馆，或许能挣大钱，或许能盖村子里最好的房子，或许能把村支书的女儿娶到手。想着这些，保安会在没人的时候，对着墙"嘿嘿"地笑出声来。他喜欢支书的女儿，但支书看不上他，估计支书的女儿也不会跟他。他家的房子那么旧，他一个保安每月挣一千来块钱，不说买车，连好衣服也买不了几件。保安做梦都想发财。

保安听到了一辆汽车上"嘭"的一声脆响，接着又是一声，这一声是响在地上的。低了头看，一颗溜溜圆的核桃，在地上蹦来蹦去。原来，地上已经有了好些儿核桃。

抬头看，六楼的一户人家的窗户上，那两个人正扔得高兴呢。

没有逮到外星人，保安多少有些失落，但发现了"作案"人，这也着实让保安激动兴奋了起来。

院子里的人已经怨声载道了，每天都有找物业的，说又不是做公益慈善，交着管理费，车子被砸成了花脸也不管，成啥世道了。物业管理人员也急，不是不管，兴许就是外星人，这车子要么你砸开玻璃，或许是为了车里的一个什么东西；要么你撬后备箱，没准还能碰到一个当点小官的人，里边正好有别人送的小礼品。你说砸那么一些儿坑，不是邪了门儿是啥。保安尽管挣得少，但也是挣着人家物业的钱，物业的钱是业主交上来的，业主不高兴，物业当然也不高兴。物业不高兴，这保安像是白拿了人家钱似的。

保安一共是三个人，那两个人无所谓，一个是某个单位的退休人员，在家里没事干，出来打闹个零花钱，物业要不要都行，没准哪天人家自己就走人了。还有一个也是年轻人，但家里条件好，也就是在这里过渡一下，等家里给找好了工作，也就走了。只有这一个保安，从村里出来，好不容易问到了这样的一个活干，挣得不怎么多，但还算是一棵打谷子的苗啊！虽然挣得少，但也算是从村里出来了，娶不到村支书长得像巩俐一样的女儿，还能想想村西头赵二蛋家的女儿，要是待在村子里，连赵二蛋家眼睛有点斜的女儿，都要用更斜的眼睛看他呢。

　　保安哼着歌，一溜烟小跑着报喜去了。

　　小区的人们终于知道了，让小区的汽车变成花脸的、让小区的人们充分享受了叫骂快乐的、让小区没有参与叫骂却从别人的叫骂中感受到娱乐的，原来是六楼一户人家抛下来的东西。神秘的事情一旦谜底被揭开，也就没啥意思了。有好多人竟然还感到了失落。

　　人们都想起来了，难怪院子里某一天滚着好多豆子，又一天滚着好多花生米或者是玉米。那些突然从天空的某一个地方飞来的鸽子，原来是来捡食地上的食物来了。当"从天而降"的东西变成了核桃，它们也就伴随着人们的失落，也失落地飞到别的地方去了。

五

　　好像是个礼拜天，米老爷子和米老太太听到了敲门的声音。

　　米老太太说：来了，来了。

　　米老爷子说啥来了？

　　米老太太说当然是孩子们，你忘了咱们打的赌？

　　打什么赌了？

　　你这死老头子，我说这个礼拜天孩子们要回来，你说不一定，你是想赖那五颗豆子？米老太太边说边急着去开门，许是太急了，连鞋都没有来得及穿，光着脚就朝着门跑过去。

门口站着一群人，没有儿子、媳妇和孙子。

是物业、保安和派出所的人。

一大群人进了家，家里就满满的了。这么多年了，家里还没有出现过这么多人的情况。过年的时候，儿子一家会回来，也就那么几个人，也就住一两天，然后大多数时候，就只有两个人了。有好多时候，米老爷子和米老太太会把那一堆豆子想象成一群人，他们跟豆子说话，跟豆子做游戏。更多的时候，则是对着豆子发呆。以前在村子里，家里经常人来人往的，一村子的人，没事干的时候，就相互串门子。你到我家坐坐，我到你家坐坐，说说天气的事，说说谁家谁家孩子的事。看看院子外边的花就开了，原来是夏天了；看看天空又高又蓝了，已是秋天了；一不小心，是满院的雪白了，就哈了气，一齐说说这雪还不算厚，比起某年的某一场雪来，真是差了老大一截子了。

村子里的日子就是这么你来我往地过下来的。多的是生活的情趣，也多的是邻里乡亲的和谐气氛。那时候米老爷子在铁路上班，只要没班，总想往家跑，他一回来，不是他找村里的人们去了，就是村里的人们来他家了。他是有工作的人，总会带了好一点的烟和茶，跟大家坐在一起分享。想起这些，倒是很遥远的事了似的。

平时家里难得有人，一下子来了这么多人，他们倒有点不知所措了。米老爷子嘴里说着让坐的话，却不知道让来人坐在哪里。床上，是他们两个人的豆子，仍是一人一堆，仍是随时从一个堆里叛逃到另一个堆里的样子。凳子放在阳台边上，一大堆核桃，子弹一样，伺机待发，每一颗的身上好像都被赋予了光荣而重大的使命。

这一些，也正好让来人清晰地看到了犯罪现场，人赃俱获。

原来并不是外星人在作怪，也不是小区哪一个顽皮小子的恶作剧，却是两个毛发花白的老人啊！人们真是不太相信，怎么可能呢？两个上了年纪的老人，不去跳广场舞，不在家抱孙子，却在做着这么让人生气的事情。人们一开始是惊讶，然后，便是愤怒了。

不过细想想，似乎有好多人又理解了，老人的儿子一家很少回来，孙子上小学了。儿子偶尔回来一趟，也不多，反正总是忙。儿子也没办法，这个世界上，人们反正都在忙，都忙得不可开交。跳广场舞也不可能，这附近就没有广场，平时有几个老太太会坐在楼下很逼仄的空地上看看天，那天又有什么好看的，一大片一大片无精打采的云罢了。

如果是外星人还好，外星人作怪把外星人处理了就好了；如果是顽皮小子的恶作剧还好，顽皮小子也就是手痒痒了，像老鼠的爪子一样，挠挠就好了。但这潜伏在小区里的两个老人，谁敢保证他们哪一天不会把一颗一颗土豆扔下去？谁敢保证他们哪一天不会把一颗一颗西瓜扔下去？

有许多人已经想象出了一颗一颗西瓜扔到院子里的场景，一大片红、一大片绿……一大片的红红绿绿或者红绿相间，那是多么灿烂的场景！不，应该说，那是多么惨烈的场景啊！

这是两个满头白发的老人了。

他们在他们孤寂的世界里，做着游戏，并没有意识到他们已经闯祸了。

他们呆呆地看着来人，他们下意识地回答着来人的问话。

他们的豆子们、玉米们、花生们、核桃们静静地等待着，它们是在等待着在他们的调度指挥下，奋不顾身地去完成它们肩上担负着的使命。

六

米老爷子和米老太太被带到了派出所。

派出所通知了他们的儿子。两个老人的行为造成了不小的损失，派出所得请他们的儿子来处理善后事宜。

他们的儿子正走在来派出所的路上，估计快要到了。这一天正好是礼拜天，算算，米老太太赢了，她又能从米老爷子的豆子堆里拿走五颗豆子了。

在派出所空寂的会议室里，没有别人，只有米老爷子和米老太太两个人坐着。

这里也很静，这里也没有什么声音。

一群桌子排成长队。

一群椅子排成长队。

没有谁喊口令，它们本来就不会喊口令，它们只是永远沉默的一部分。它们不会制造出任何一点声音，或者根本就不想制造出任何一点声音。

看着这不动的一切，米老爷子的眼前出现了青幽幽的一片，真的是青幽幽的一片。他揉了揉眼睛，再看，还是青幽幽的一片。

他感觉到那青幽幽的一片在动，一波一波地动，一波一波地动。

他还听到了声音。

"我看到西湾了……"米老爷子说。

"你说西湾的水现在是不是还像原来那么多？"米老爷子说。

"有一年我站在西湾边看水，看着看着，一个圆圆的东西漂过来，我下去捞，差点没上来。但我还是喜欢站在西湾的边上看水。"

"我也是，我也是。我也喜欢站在西湾的边上看水。那么清那么清的水，能看到莜麦粒大的鱼儿在里边游动。"米老太太也说。

"你说这城里，本来就没水，怎么也像一片湖呢？是湖吧，又

走着去一个叫电影院的地方

溅不起水花来。"米老爷子叹了一口气。

"把一块石头扔到西湾的水里，会溅起水花来，还会听到水唱歌的声音呢！"

"就是哩，就是哩……有一次我把一块石头扔进西湾，那声音很像是东街杜二蛋的口音，还有点结巴呢。我就又扔了一块，就觉得不结巴了，又像是后头院李海海他妈的声音，李海海他妈的声音像响鞭炮子呢。"米老太太笑了。米老太太的脑子里一会儿是东街杜二蛋有点结巴的声音，一会儿又是后头院李海海他妈响鞭炮一样的声音。米老太太笑得趴在桌子上了。

"看你，看你，一说到村子里的事就这样；一说到西湾的水就这样。"米老爷子说。

"你不也是吗？你不也是吗？"

真的是，他们开始怀念水了。

真的是，他们早就怀念水了。

年年有余

一

爹伸出手在兜里摸摸，我们不知道爹在摸啥。爹的那件已经快要变成白色的蓝褂子，扣子都快掉光了，可是左边挨着心的那个兜儿上的扣子却还在，而且，总是结结实实地扣着，像是一向沉默寡言的爹，很少张开他的嘴一样。

摸摸索素地，爹掏出了几张角票，看看我，再看看姐姐。意外地，爹把手中的几角钱搓开，看看，然后对我和姐姐说：一人三角，去张场转转去哇。

张场是个镇。这几天镇上正在举办集会，刘二根说明天要去，赵海海也说去。就连西头家里住着最赖房子的田贵贵，也说要去呢，这让我和姐姐心里有点那个啥。我问田贵贵，你去张场做啥？你去张场做啥？你又不是兜里有钱？问完了，我以为田贵贵会变得难堪，脸红红地不知道怎么回答我的问话。可是这一次田贵贵没有难堪，也没有脸红，而是神秘地朝我挤挤眼睛，一脸的得意和坏笑。再问，他只笑，坏坏地笑，得意地笑，啥也不说。我在他的屁股上狠狠地踹了一脚，他也不说。

下学回家的路上，我听到跟田贵贵住邻居的杜奶奶站在街上，见了下学回家的我们，一个一个地拉着问：你是不是拿了我家的鸡蛋？你是不是拿了我家的鸡蛋？我们都摇头，我们都说没有。杜奶奶也拉住田贵贵的手，也一个劲地问：你是不是拿了我家的鸡蛋？你是不是拿了我家的鸡蛋。田贵贵说没，我没拿，我没拿。田贵贵说话的时候，我分明看见田贵贵的身子在抖，我也看见刚才没有脸红的田贵贵脸上一下一下地泛上了红晕。

我的心里好像明白了什么。

去不成张场，我和姐姐心里很闷，放学回家的路上一直不说话。我把脚下的一块石头踢出去，那块石头飞起来又落下去，差一点就把路边刘二根他大爷家的玻璃砸烂了，好在，差了一拃或者半拃的距离，我的身上出了一身冷汗。姐姐说看看你，看看你，差一点就……我长长地出了一口气。

明天是星期天，星期天一般爹不让我们出去，他总是让我们念书。他让上学的时候好好念，星期天也念，爹一直认为只有念书是我们的正事。这个星期天我们当然也准备好了像以前一样，规规矩矩地坐在家里的那个又黑又小的方桌子上念书的。那个桌子很小，我经常会把姐姐的书挤到桌子下边，趁她捡书的时候，我就会笑。我的笑当然是偷偷的，要是爹听到了我在念书的时候笑，会抬起头来狠狠地瞪我一眼。

爹说让我们去张场，我们已经心花怒放了。爹还给了我们钱，这可是我们想都不敢想的。我们知道爹的兜里装着钱，可贫困的家庭生活，总是让爹兜里的钱来也匆匆，去也匆匆。好多时候，要买什么家里必须要买的东西的时候，爹一摸兜，再摸兜，爹摸上好长时间才摸出来的那几张皱皱巴巴的钱，总会少得让爹的眉头也一下子变得像钱一样皱起来。那样的时候，我们会躲得爹远远的，而且绝不敢发出什么足以引起爹注意的动静来。

那一夜我们睡得很迟，我和姐姐意外地坐在那个小桌子上没有发生什么战争。平时会在爹不注意的时候，我们出现各种各样的摩擦，可是那一天我们却和平相处，共同对付课本上的作业，顺便把每个星期爹都会让写的字都提前写完了。学校老师教的东西，爹不懂，但他总会让我们多写字，啥字也行，只要写就行。爹想让我们能写出好看的字来，这样就能给全村人写春联。爹没钱的时候，常跟村里的人借，他总像是欠着别人啥似的。他是想让我们练好了字，能给全村人写对联，这样他就有一种平衡感。爹说过，人不能就总是欠着别人的，这样心里会一直压着东西。

我们钻进了被窝，还是睡不着。我们想着明天的事，我们想着我们也可以像刘二根、赵海海和田贵贵一样，到张场去赶集。我们也可以走在去张场的路上，看树上的叶子是不是快要绿了，听路两边的树上又有什么鸟儿叫了。我们这个时候都没有想想，现在根本不是春天，现在已经是冬天快要尽了的时间。我们很少去张场，只有过"六一"的时候，才能去，有一次我和姐姐在去张场联校过"六一"的时候，就因为树上到底是什么鸟儿叫而争论了好长时间。

睡下好久了，灯也拉灭好久了，我闭着眼睛，却没有一点要睡的意思，而以前刚吃完饭就上眼皮磕下眼皮了。我还听到了姐姐悄悄地爬起来，我知道她是在找她的衣服，她是想再从她的兜里掏出钱来看看。我也是，我一直想着那钱，但我在睡的时候，就把衣服枕在头下了。这样的时候，我总是比姐姐聪明。

夜里我梦到我在空中飞，飞得很高很高。可是飞着飞着，就看见有啥在眼前飘走了。越看越像是我的钱，我一直追一直追……却找不到钱了，醒来后，全身都是汗水。

二

走在路上，我们在心里把那钱花了好多遍。我说我想吃许二旦的葵花子。许二旦经常沿村走街卖葵花子，他的葵花子皮子白白的，是五香的，吃在嘴里有一股咸咸的、香香的味道。他用纸粘了几个小钵子，五分钱一小钵，一角钱一大钵。许二旦经常到村子里来卖葵花子，我们也喜欢吃，但看到他我们就远远地走开了，我们是怕那香勾出了我们的馋虫。这个时候我们就非常希望尽快过年，因为只有过年的时候家里才会买葵花子，我们也才能饱饱地吃上。姐姐说她想吃水果糖，就是那种用花纸包着的糖。有的是苹果的味道，有的是香蕉的味道。把那糖装在衣服兜里，全身都是一股香香的水果的味道。姐姐说吃完了那糖，还能把一张一张的糖纸保存起来，那糖纸上画着画儿，好看着呢。

一路上我们计划着怎么花我们的钱，可是到了张场，在市场转着，看着，我们却舍不得把钱从兜里掏出来。集会上比我们想象的红火多了，卖啥东西的都有，特别是离过年也不是很远了，精明的生意人把各种年货也都摆出来了。我看到许二旦了，这次许二旦的葵花子品种多了，不仅有五香的，还有清炒的、奶油的。除了许二旦，别的卖葵花子的也不少。卖糖的则更多了，不光有水果糖，又多出了好多种糖，比如奶糖、酥糖。而且包装也是各式各样的，姐姐的眼睛都看花了。

姐姐问我，你怎不花？我看看姐姐，再看看市场上的东西。那么多喜欢的东西，引诱着我，可是我总怕我一掏出钱来，那钱就一下子飘走了。

我也问姐姐，你怎不花？姐姐就笑笑，说你不花我也不花。

真的是，我们都怕我们把那钱掏出米，那钱就风一样飘走了。

我们走着看着，我们坚持着。那钱一直在我们的兜里装着，没有掏出来。

在集会的一角，是一个卖年画的地方，好多人在地上摆着年画，花花绿绿的，让集会显得更加热闹了起来。不过孩子们都在卖吃食的地方，卖年画的摊子前大多是一些大人。我们远远地看见刘二根和赵海海待在一个卖棉花糖的人跟前，一直看着不走，估计是他们兜里的钱早就进了肚子里了。田贵贵的嘴上还粘着不知道吃完啥东西的黏黏的东西。

在一幅年画前，我跟姐姐站住了。画上面，是一个胖胖的娃娃抱着一条大鱼。胖娃娃光着身子，只穿了一个兜肚，胳膊和腿都是白白胖胖的；那条大鱼看上去比娃娃还要大一些，被胖娃娃用两条胳膊紧紧地抱着。看着那画，我们就喜欢得不行。

你看那张《年年有余》的画好看不？姐姐说。

我点点头。说好看。许是离家远了，跟着姐姐在这个陌生的地方转，我意外地附和着姐姐。一般的时候，我是要跟姐姐对着的，她说好的，我总说不好；她说不好的，我却要生着法儿说好，哪怕在心里我并不那样认为。

我喜欢那个胖娃娃，你看他多么可爱。

我喜欢那条鱼，你看它的嘴，是不是一个大大的"0"？

我们一直看着那画。这期间，姐姐也会朝卖葵花子、卖糖，还有卖别的吃食的地方用眼瞭瞭。我也趁着姐姐看画的时候，朝那些方向瞭了。我还看见姐姐的手一直揣在她装钱的口袋那儿，偶尔因为做啥放下来了，接着就又放上去了。我也是，但我的钱却装在连我姐姐也不知道的一个地方。

我们把那钱当成了宝贝，就像过中秋节时每人分得的那个小果子，我们总是用一个用丝线织起来的小袋子装上，吊在胸前，不大一会儿闻闻，不大一会儿闻闻，却总也不舍得吃掉。我们是怕吃掉了就再也没有了。

要不买画吧。似是姐姐在说。细听，确实是姐姐说的。

用咱们的钱买画吧，要过年了，咱们把这张胖娃娃和鱼的年画买下吧。

我下意识地捂了捂我的钱，我又下意识地朝着卖吃食的地方望望。我看见刘二根、赵海海和田贵贵还在那儿转来转去。而同时，我听到了自己咽口水的声音压过了我能听到的所有声音。

咱们家今年也贴张画吧。姐姐还在说，姐姐说咱们家贴上这张《年年有余》的画该有多好！

姐姐这么一说，我的眼睛里就出现了家里墙上贴上了这张画的样子。确实是，家一下子就变得新鲜了起来。每年过年的时候，别人家里都要贴新年画，可是我们家里没，每年妈打扫完了家，看着白白的墙上什么也没贴就会长长地叹口气。爹也总说，哪个年我们也该买些年画贴贴了。但我们知道，家里人多，所以一直没匀出钱来买一张年画贴贴。站在别人家的贴着年画的墙边，感觉人家家里的年都是崭新崭新的。

我再一次看看卖吃食的那边，然后强迫自己把头扭过来。我咬了咬牙，再一次咽下了嘴里满满的口水，终于从牙缝里挤出了一个字：买——

我和姐姐艰难地从兜里把钱掏出来，递到那个卖年画的人的手里。那个人搓着我们的钱，数着，数完了，那拿钱的手还在空中伸着。我们以为他会把那年画卷起来递给我们，可是他看看钱，再看看我们，说：不够……

钱不够？

那是姐姐若干块糖若干张糖纸的钱，那是我若干颗葵花子的钱，怎么可能不够呢？

可是看着我和姐姐等待着的样子，那个人又重重地说了一遍：钱不够……

三

我和姐姐垂头丧气地往回走。

我们没有再待在张场，我们失落地离开了热闹的集会。不知为什么，这个时候我们再没有了吃点啥的欲望，我们只有从我们"沙啦沙啦"的脚步声里听着我们的失望像踢起的尘土一样扬起来又落下去。

像是疯够了，刘二根、赵海海从我们的身边跑过，显然是，这个日子使他们充满了快乐。田贵贵也往回走，他走过我和姐姐身边的时候，朝我们得意地笑了笑，他嘴上粘着的什么东西还在，像是对着我们炫耀。看着他满足的样子，我的心里不知道是啥滋味。

看着看着，我把田贵贵的背景当成了村子西头刘旺家的笨牛。看着那头笨牛渐渐走远，我想起了杜奶奶家的鸡蛋，也想起了田贵贵发抖的身子和红脸，突然，我的心底生出了一个从未有过的想法……

姐姐听了我的想法，一直摇头，还一个劲地说着不行不行。说这话的时候，姐姐的脸都红了。可是姐姐想不出别的办法来，看着她眉头紧皱的样子，我知道她是想想出一个更好的法子来。

没有好的法子，但我们不甘心，因为那胖娃娃和胖鱼一直在我们的脑子里活着。姐姐在我的一再鼓动下，终于无奈地点了点头。

那是一个水泵房，建在离村子很远的水库边上。夏天有时候我会拉着家里的那只羊，让它在水库边上吃草，水库边上的草总是长得很盛，我则会坐在水库沿上看着蓝蓝的水发呆。水泵房村长锁着，一到了春天、夏天种上了庄稼，村长会来开了房子，抽水让人们浇地。我也进过水泵房，见过里边放着不少铁棍、铁皮。有好多次我就见过田贵贵在水泵房附近转来转去，他是想把水泵房里边的那些铁棍、铁皮偷出去，他知道要是把那些东西拿到村南头的侯铁匠那儿，侯铁匠会把一大把角票塞到他的手里。可是田贵贵一直没有得逞。

我们没有去想杜奶奶或者别的那个奶奶大妈的鸡蛋或者别的什么，我们只想到了去把水泵房里的铁拿出来。村子里的人有个概念，拿别人家的东西，那叫偷。而拿集体的东西，却不认为是偷，所以谁家能从集体多弄到东西，被认为是有本事哩。这也是姐姐最终同意了我的想法的原因。

我们围着水泵房转，这一刻，这个房子对于我们来说，是一个坚固的堡垒。我们所要做的是怎么样能够进去。房门是厚铁皮子的，门上的锁黑森森地闪着光，估计是村上的干部早就料到了有人会打这房子里边东西的主意。房门进不去，墙又很厚，我们没有东西能够把墙弄开。看看，再看看，我们看到了窗户。

水泵房的窗户在一面墙上，而那面墙则临着水库。想爬到窗户上，得沿着墙边窄窄的沿子，攀过去，再顺着墙爬上去。看着都很难。

姐姐说算了吧，算了吧，咱们再想别的办法吧。

我看着那高高的墙，再看看水库，心里也没了底。墙很高，爬上去很难。而临墙的水库，虽然结了冰，但因为今年的天气不太冷，根本就没有冻厚。人一跌上去，没准就沉下去了呢。

我说过这样的时候，我总比姐姐聪明。我要想出办法来，我要让那胖胖的娃娃和胖胖的鱼在过年的时候贴在我们家的墙上。

我踩着姐姐的肩膀爬上了水泵房的顶子，然后从房顶上慢慢地挪动着，爬到窗户边，把窗户撬开，钻了进去。我在房子里边，收拾着那些让村子里许多孩子们特别是田贵贵垂涎的铁棍、铁皮，但往出拿的时候碰到了困难。从窗户上扔出去，肯定要掉到水库里去，那样就等于白拿了。我让姐姐沿着靠水库的边儿挪过去，从外边接住我递出来的东西。姐姐站在水库边上，腿都软了。姐姐来这里的时候，嘴就一直不停地颤着，她确实害怕。她是怕别人看见，要知道这样的事情她从来没有做过。

姐姐在外边说，算了吧，过不去。我说我都取上了，怎就能算了呢！

姐姐说，那我试试，那我试试。姐姐的语气都是颤颤的。

我在里边等着，可是一直没有动静。我就生气了，我说，这是个啥事呢，你当姐姐的，怕啥怕啥？我还说，你不想要那胖娃娃了？你不想要那胖鱼了？

我听到了姐姐在外边怯怯地挪动的声音。我已经把那"战利品"从窗户上伸了出去。

可是，可是，我再也没有听到姐姐的声音。我在里边骂着喊着，我几乎把平时认为最难听的话都骂出来了，还是没有姐姐的声音。我费了好大的劲从房子里爬出来，没有看到姐姐的身影，我以为姐姐因为害怕远远地躲开了，我就喊，大声地喊，却一直没有看到姐姐走过来。

在窗户下边的水库里，不太厚的冰面上，有一个不规则的冰洞，里边的水一涌一涌，水面上的冰碴子也一涌一涌。太阳的光贼贼的，那光照在冰面上、照在冰碴子上，于是冰面也一闪一闪，发着贼贼的光；于量冰碴子也一闪一闪，发着贼贼的光……可是姐姐呢，我的姐姐到底去了哪里？

四

家里笼罩着一种悲戚的气氛。

妈像是疯了，一忽儿嘴里说个不停，也听不出来她在说啥。一忽儿她又呆呆地坐着，目光空空的，空得感觉能把周围的一切都装进去。

爹呢，一直不说话，本来话就不多的他，更是变成了一块沉沉的能把空气都压碎了的石头。

冬日的阳光照着，我感觉它们是到处乱窜的杀手，它们的手里攥着长长的冷剑，它们随时会把那冷冷的长剑刺到一个什么地方。风有时吹，有时不吹，风一吹，我觉得它们也是阳光的同谋，我能听到它们的笑声，我能从它们的笑声后边听出得意来。我不想听到它们的笑声，我更愿意让它们用它们长长的剑刺进我的身体或者心脏，我希望那样我会得到痛快淋漓的悲痛。可是没有，它们一直笑着，它们用它们的笑声把我的心都笑成了一个筛草的筛子。

我等待着爹的一场痛骂。

或者是一场暴打，哪怕他拿起家门后边的那根长长的锹柄子，在我的身上抽出一道一道的长痕。

可是爹不理我，爹把自己坐成了白天的一个影子或者黑夜的一个暗暗的幽灵。只有一次，我见爹用拳头捶着头，悔恨或者是别的什么东西从他的脸上黏黏地流过，阴郁的白一点一点地漫上他的头颅。

爹开始伐院子后边的那几棵树了。

那是家里不知道哪个祖先留下来的，粗大的枝干像好几把伞罩在院子后边。爹曾说过，那是家里的宝，那是罩着咱一家的神灵。可是爹开始伐那几棵树，那铁锯伐树时发出的声音、那伐树时纷扬而下的木屑，把爹的痛、把我们一家的痛四散地扬出去。

虽然是自家的树，可是不能随便伐，不经公家批准，自家的树也不能随便伐。可是爹已经不管这些，爹的心、爹的神、爹的躯体、爹的一切一切都被悲伤占据了。爹把院子后边的树都伐了后，以很便宜的价格就卖给了别人。要是别的时候，爹会心疼死。爹从来就不是一个败家子，爹也看不惯所有的以败家为业的人。可是那一次，爹却不管不顾地做了那事。

那一年过年的时候，在我们村的西边，在一个坡上，在一个新起的黄土堆上，铺满了年画。一张一张年画排在一起，把那个新坟盖满了。

远远地看，在我们村西边的坡上，到处都是胖胖的娃娃、胖胖的鱼……

走着去一个叫
电影院的地方

一只名字叫"花朵"的狗

一

夕阳在西天边挂着，一不小心就会掉到山的后边去。山明明暗暗，似藏了满腹心思，只等着夕阳下去后，一股脑儿说出来。远天，泼了墨的油画，又像是堆金积玉似的，那灿灿的金光银光就遮也遮不住地朝着四面八方射出去。

村子静静的，能听到岁月行走的声音，能听到虫子们窃窃私语的声音。远远地有一棵树；远远地，还有一棵树。都是老树了。老树们弯着腰，似乎是站得久了，有点儿站不行了；又似乎是刚才就一直坐着，想托了什么东西一下一下地站起去。但托了什么东西呢，什么东西也没托着，只凭了剩余的一点力量想努力地站起来。站是站起来了，腰却还是弯弯的，生了锈的样子。倒真是生了锈呢，在风里雨里多少个岁月了，站着站着，连岁月也生了锈了呢！

村子也是生了锈了。在淡淡的夕阳里，村子就老了。村子已是破衣烂衫了，那些墙们，处处都是老年斑了，或者像走风漏气的嘴，东豁一个口，西缺一个牙，或者干脆就是满嘴掉落光的样子了。

　　就是在布满了夕阳、布满了老年斑的墙下，它静静地趴着。它似乎一直趴着，就那么趴了许多许多年。谁知道呢，也许连它自己都不知道了，也许一个叫作"时间"的概念已经很早就从它的脑子里模糊了。它趴着时候，也有想站起来的一刻，但也许只是想想，它并没有站起来，在那一刻它觉得它站起来会用尽它所有的力量。它觉得行走或者奔跑似乎只存在于它的记忆里，它这样趴着的时候，已经把那些叫作动作的动作忘记了。

　　它是一条狗。一条很老很老的狗了。

二

　　它有一个很好听的名字，叫花朵。它其实不应该叫花朵，尽管它在狗里边也确实算是花容月貌，然而那又怎么样，毕竟在人的眼睛里，它只是一条比别的狗好看一点的狗罢了。一条好看一点的狗，人们怎么也不会把它想到花朵上去。一条狗怎么能像花朵呢？一条狗又怎么能叫花朵呢？

　　花朵是一个女孩子的名字。那是一个很美很美的女孩子，那个女孩子的美是让许多花朵都失色的，但家长想不出一个更好的词来做她的名字。家长不是上过学堂的人，家长是长年与泥土和庄稼打交道的人，他们经常会见到花，见到的是那些生长在山沟河畔的野花。家长想了想就给她起了这样一个名字。这是家长能想到的最好的名字了。然而，花朵似乎不习惯在这个有太阳的或者有月亮的世界上存在，花朵似乎比那些真实的花朵们更加憔悴。花朵只让她的家人灿烂了一个两个或者两个半的年头，就花朵一样谢了。那是多么残酷的事情啊。在她的父亲和母亲和别的什么亲人的眼里，世界上的所有所有的花们，都谢了。

它就是在那一年出生的。它在它的母亲的笑声里降生了，它的母亲在它还没有睁开眼睛的时候，就看出了它是一条非常漂亮的小狗。它的母亲在阳光的下面感叹了一阵子，心底里升腾起一种完成了什么的成就感。也就是在那一会儿，它们听到了哭声，一阵紧似一阵的哭声。它的母亲听着听着，眼中的泪流了下来。它的母亲知道那个整天围着它转的叫花朵的小主人，不在了，这对于它的母亲来说，也算是一件非常痛苦的事情。毕竟，那个小主人实在是太可爱了。但它不知道，它似乎什么都不知道，它只蠕动着四肢，阳光从外面照进来，照着它发红的身体和身体里清晰的血脉。阳光会让它睁开眼睛，会让它一天一天地大起来。最终让它由一个红色的肉团，变成一条狗。随着它的出生，一个叫花朵的花朵一样的女孩离开了。女孩的父亲和母亲还有家里的其他亲人们好长时间，没有在意一只小狗的出生，他们还都沉浸在对花朵的怀念里。这是一个非常漫长的过程，对一个人的怀念永远是很漫长的，就像人们对一种美丽的花的怀念，就像人们对其他美好事物的怀念。而它，也在人们的怀念中一点一点地长大。

有一天，是主人家的一个什么人，说起了它，说起了这只越来越大、越来越漂亮的狗。主人家的什么人说起了它的眼睛。

他说：它的眼睛长得很美啊。

他说：它的眼睛看上去很熟悉啊。

他说：它的眼睛不是很像花朵的眼睛吗？

他说着，一群人就开始注意它的眼睛。他们看着它的眼睛，它显得很羞涩。从来没有这么多人同时专注地看着它的眼睛。

他们都露出了惊奇的神情。他们确实感觉到了它的眼睛的特殊，他们突然就开始把看它的目光变成了看一个人的目光。他们似乎就在看一个叫作花朵的女孩子的眼睛。他们中的什么人又想到了它出生的日子，想一想，他们记起来了，他们记起来它就是在那一天出生的。

那好像是花朵离开的日子。他们中的一个人说。

那就是花朵离开的日子。他们中的另一个人说。

那确实是花朵离开的日子啊。他们大家都这么说。大家在那一刻都想起了花朵。特别是家里的女人——也就是那个叫花朵的女孩子的母亲，她看着它，她看着看着，就抱着它的头，大哭起来。

以后，他们就把它当成了花朵；以后，它就有了一个名字，叫花朵。

故事叙述到这里，我们可以把它叫作花朵了，因为那个叫花朵的女孩正式被它取代了。我们把它叫作花朵读者再也不会混淆。花朵花一样开放了，开放在一个普通的农村的一个普通的农家。人们都喜欢花朵一样喜欢着这条叫作花朵的狗，它也喜欢着喜欢它的人们。它在农村的天地里开放着，开放着它的欢乐和忧伤。

三

小村也开放着。小村也像是花一样，小村的岁月也是花的岁月。小村从出生到发出了嫩嫩的艳丽的色彩，小村也有让岁月闪亮的日子。小村的枝枝叶叶，是小村高高低低的房屋、小村长长短短的街巷，还有在小村里出生又在小村里去世的人们。那些房屋、那些街巷，是小村的枝干。叫花朵的女孩、女孩的父母还有父母的父母们，就是小村的绿叶和花朵。当然，叫花朵的狗、狗的父母还有父母的父母们，也是小村的绿叶和花朵。他们一样地开放，一样地绽绿，一样地在岁月中枯萎。

在小村里，花朵经历着花季和雨季，花朵见到过太多的事情。花朵经历着主人世界里的故事，也经历着自己世界里的故事。那是某年某月某日的某个时间，花朵照往常一样做着自己的梦。花朵已经到了经常做梦的年龄，花朵总会梦见一条很帅的狗，花朵在梦里会看到它朝着自己微笑，它的微笑有一股淡淡的青草的味道。花朵醒了，它真的闻到了一股什么味道，那究竟应该算是什么味道呢？花朵想着，它突然就站起来，它知道不好了，顺着那味道，它看到了东耳房里正在往外冒着浓烟。东耳房挨着正面主人家的房子，里边放着杂草，那是主人秋天存起来喂马喂骡子用的。房子的门上有个洞，那是主人专门给花朵和它的母亲留的，天冷的时候，它们就从洞里转进去，在草堆里筑一个窝。尽管外面很冷，但蜷在柴草垛里，它们感觉很温暖。花朵知道坏了，那确实是烟，那烟的味道花朵太熟悉了，村子的味道就是柴草的味道和烟的味道。柴草的味道一开始是粮食的味道，那是柴草刚刚被从场面上拉回来时的味道，慢慢地柴草的味道就有了一股霉味，那是柴草在阴暗的时候待得久了，开始发霉。还有烟的味道，乡村的岁月一般都是柴草点燃的。每天早晨，是柴草点燃了乡村的一天；每天黄昏，又是柴草举起炊烟，让小村在温暖中进入梦乡。在花朵生活的周围到处都是柴草，主人的屋顶上是柴草，院子里靠墙的地方、墙上苫的也是柴草。东耳房里堆放的柴草最多，那是柴草的仓库。花朵见到过柴草在大火中燃烧的样子，火会给人温暖，但火也能让一切东西在顷刻之间毁灭。烟越来越大，花朵听到了噼噼啪啪脆响的声音。花朵跑出来，开始朝着上房大叫。花朵的嗓子都哑了，可是主人家却没有反应。花朵开始挖门，它希望把门挖开，但是夜里主人们已经把门插上了。花朵看到了火已经开始朝外蔓延。

花朵似乎都绝望了，但花朵仍然想着办法。花朵不能让对待它就像对待那个叫作花朵的女孩一样的主人一家在火里消失。但火已经从东耳房里顺着外边的柴草往上房走。花朵快要疯了，它爬到院子里的一个土堆上奋力地朝着上房的玻璃撞去，它知道那样会让玻璃弄伤了自己，但它已经顾不上这些了。花朵尝试了几次，第一次第二次都没有成功，毕竟那个土堆离窗户有点远，但它不罢休，第三次它用了全身所有的劲朝前跃去。"哗啦"一声，玻璃碎了，花朵成功了，它顺着撞碎的玻璃落在了屋子里。屋子里的人都惊醒了，他们点着灯，看到了满身是血的花朵。

"你这灰东西，抽啥风呢？"女主人说。

"你是抽啥风呢？我摔死你。"主人恶狠狠地瞪着花朵。但花朵顾不上这些了，它呜咽着，而且过去就咬着男主人的腿往外走。男主人疼了，使劲把花朵踹出去。

"是啥味道？"这时候女主人闻到了什么："不对，着火了。"

男主人也感觉到了，烟已经从窗户上灌进来了。他们还看到了窗外一闪一闪的火光。而花朵还在一直不停地叫着。主人们终于明白发生了什么事情。

四

小村的夜经常是很静谧的。有时候是满天的星星，村子上空的星星，很清很亮，随便伸出手去，就能摘一个下来。街上的一棵大树上，鸟们会在天上的星星刚出来的时候，聚在一起开一会儿会，鸟们开会的方式是大家一齐发言，也不管谁高谁低谁先谁后，鸟们说话的声音把整个夜撑得高高的。有时候是月光，月亮淡淡的，罩着树，罩着房屋，罩着小村人家传出的说话的声音。在月光下，时间似乎停止了。这样的时候，主人们会搬了凳子坐在家门口，说说话，叙展叙展身子。花朵也就卧在主人们的旁边。花朵一般是卧在女主人的旁边。女主人会经常伸出手来，一下一下地摸它的身子，摸着摸着，女主人会朝它笑笑，它能感觉到女主人笑里的暖意。它也就笑笑，伸出舌头来舔舔主人的手。有时候，主人看着花朵，说着话，说着说着，他们会沉默好长一会儿，花朵知道他们又想起什么来了。花朵抬起头来，看见他们的眼睛里一闪一闪的，花朵就很难受。花朵不知道曾经有过一个叫花朵的女孩，长得特别特别美，但花朵知道主人们心里肯定有些什么在他们的日子里结着疤痕。

日子呢，也就在日日夜夜的来来回回中过去了。花朵以为日子会这样一直下去的，然而有一天，花朵知道自己错了。

有一天，花朵不见自己的母亲了。早晨的时候，母亲还和花朵说了话，还用舌头舔了舔花朵的头，那时候花朵还在睡梦之中。花朵还听见母亲说了什么话，母亲的话很低很低，花朵没有听清。一直到晚上花朵也没有见到母亲，到星星爬满天空，它还没有见到母亲的影子。它想着是不是母亲迷了路，是不是母亲到了一个很远很远的地方，到了第二天或者半夜里它就会回来的。然而过了两天三天四天……花朵也没有见到母亲。它终于明白，母亲是永远不回来了。想到这些，花朵就很难受，它吃不下饭去，它的眼中总是有东西想流出来。女主人也知道花朵难受，女主人就陪着花朵坐了好长时间。女主人和花朵说了好多话，花朵听着，似乎懂了，又似乎不懂，但花朵明白了，一条狗也好，一个人也好，总是要离开的。花朵就看着女主人，花朵看着看着，想到了什么的样子，就开始呜咽。母亲离开它不再回来了，它怕……它怕……它就一直看着女主人，女主人就把它的头抱起来，放在自己的腿上，什么也不说，抱得紧紧的。

又下了几场雨几场雪的样子，男主人走了。不久，女主人也走了。院子一下子空空的了，花朵的心也空空的。花朵不知道心也是可以空了的，花朵一直以为自己的心是满满的，却原来也有空的时候。风把院子墙头上的草吹得沙沙响，那些声音很苍老，那声音刺痛了花朵，花朵以为自己会流出血来，却流出了泪。

五

　　村子呢，也就老了。村子里的人都移到别的地方去了。主人的儿子一家也离开了，他们走的时候，看着花朵，他们不忍心扔下花朵。花朵知道他们的心思，就跟着他们出了村。他们拉着东西，一直朝村子外边的一个方向走，他们边走边回头看看，花朵也回头看看。花朵一回头，就走不了了。花朵看到了村子里主人家门前的那棵树。那棵树孤孤单单的，孤单的有些落寞。花朵想到了那个院子，想到了月亮，想到了星星，也想到了村子西面一个坡上的那个土堆。花朵看了看越走离村子越远的人们，扭头就朝着村子走。

　　"花朵……"有人叫了一声。

　　"花朵……"又有人叫了一声。但花朵没有听见的样子，花朵那一刻听到的都是小村的风刮起树叶的声音，花朵那一刻听到的都是月亮静静地铺在村子地上的声音。

　　"算了，让它回去吧。"有人说："它也老了，故土难离呢。就让它留在这里吧。让它守着老宅子吧。"

　　人们远了，人们最后消失在一个什么地方，但这些与花朵已经没有关系，花朵只是知道，它没有离开，它已经离不开这里了。

　　花朵真的老了。卧在院子里，它总能听到一些声音，那是一些它听惯了的声音。它听到了树们身体里发出的声音，它听到了墙们身体里的声音，它也能听到地上枯黄了的草们的声音。有时候，它还能听到放在院子里的一只破碗发出的声音。花朵听着，花朵也听到了自己身体里的声音，它想它们也听到它身体里的声音了。花朵就嘿嘿地朝着它们笑起来，花朵也听见了它们朝着它嘿嘿地笑起来的声音。有一只猫总会慢慢地蹭到花朵的身边，站站，再坐坐，就又站起来，弓着身子走了。猫也老了，猫一走就把它的影子留下来，猫的影子在阳光下久久地飘着。猫是花朵的老朋友了，猫的影子也是花朵的老朋友了。

　　花朵会朝着村子西边，走到一个地方去。花朵看到那个土堆心里就暖暖的，它会在土堆旁卧一会儿，卧着卧着，它会睡过去。在睡梦中，它能感觉到有手在抚摩着它的身体，它也能听到有低低的声音在它的耳朵边响着。伴随着它嘴里流出的口水，是它从梦里流出来的笑。

　　在去西边那个土堆的路上，有一块荒了好久的地。地里边站着一个稻草人。稻草人是真的不像稻草人了，它身上的稻草大多没有了，只有杆子立着。花朵路过稻草人的身边，总要站在那儿看好长时间，它会和稻草人说好多话。稻草人也说。它们各说各的，也不管对方听不听，它们说着的时候，风会一下一下地吹起它的毛，也会吹起稻草人身上的那根发了白的曾经捆着稻草的红布条。以前它并没有太在意稻草人，可是现在，它觉得稻草人真的也是它的老朋友了。

六

　　花朵朝着村子走着，花朵朝着那个院子走着。

　　花朵想着院子里会有熟悉的人等着它，会有熟悉的味道等着它。花朵笑了。

　　花朵听到自己的声音，它感到自己的声音把村子最后的夕阳都染成了它的声音的颜色了。

瓜棚上面的月亮

一

我四爷爷给村子里看西瓜。他的眼睛长得又圆又大，用海明的话说：你四爷爷的眼睛像揽筐。海明的话说得有点夸张了，我用两个胳膊张开了一比画，我说揽筐这么大，他的眼睛怎就能这么大呢。海明的脸憋红了，他说我是打个比方，反正你四爷爷的眼睛又大又圆，不是好眼睛。我们大家都认为我四爷爷的眼睛不是好眼睛，这个自然不用海明说，因为我们总觉得我四爷爷的眼睛就悬在某一个地方的上空。虫虫说，你四爷爷的眼睛不是揽筐，你四爷爷的眼睛是筐筐。筐筐也够大的了，一个人的眼睛要是像筐筐，那成啥了！我正想着这个问题，就见虫虫朝我挤眼睛，一边挤眼睛，他的鼻子下面就有长长的东西流下来。我知道这是虫虫在气我，虫虫经常气我，看见他的长长的鼻涕，我不仅没有生气，还笑了。我边拍手边喊："鼻涕虫，过了河，流到地上长果果；鼻涕虫，过了河，流到地上长果果……"虫虫喜欢气我，但他气不过我，只要他一气我，我就现编了顺口溜气他，每次他本来是气我的，却让我把他气了。这一次也是，我一念顺口溜，海明也看见虫虫的长鼻涕了，海明也边拍手边喊："鼻涕虫，过了河，流到地上长果果；鼻涕虫，过了河，流到地上长果果……"虫虫就开始捡了地上的石块追着打我。我知道我跑也没用，我根本跑不过虫虫，我就用手把头一抱，蹲在地上，说："大爷饶命，大爷饶命。"虫虫一看我的架势，笑了起来，他说："谁给你当大爷，谁想跟你那个长着笆箩眼睛的四爷爷当弟兄？"

　　虫虫本名其实不叫虫虫，他的本名叫刘二狗。这个名字虽然不好听一点，但这是他的真名字，我们从来不叫他的真名字。虫虫的鼻涕经常过河，一过河就两长串，有一次上课的时候，老师讲到一种虫子，就现场举例说："那种虫子的形状跟刘二狗同学的鼻涕一样，如果把刘二狗同学的鼻涕跟那种虫子放在一起，大家肯定分辨不清哪是虫子，哪是刘二狗同学的鼻涕。"我们想想，觉得真是，那虫子的形状真是跟刘二狗流出来的鼻涕像极了。我们就都看刘二狗，嘿，他的鼻涕正好在过河泥。这以后，我们就叫刘二狗虫虫了。刘二狗一开始生气，还追着打这样叫他的人，时间长了，倒也习惯了。不习惯也不行，他越在意，我们反而会更加上劲。他一不当回事，我们倒觉得没啥意思了。

　　虫虫不想当我的大爷爷是有道理的，关键是虫虫不想跟我的四爷爷沾上关系。我的四爷爷长着一双大眼睛，不仅他们不想跟他沾上关系，我这个小辈跟他沾上关系都觉得难受。海明他们骂我四爷爷的时候，总要加上一句：你那个四爷爷呀……一开始我跟他们一样同仇敌忾，也对我的四爷爷恨得不行，他们这么一说，我就感觉很没理了，话也说得没有底气了。谁叫那个有着一双大眼睛的老头子是我的四爷爷呢！唉……

二

在我们看来，我四爷爷的眼睛确实悬在某一个地方的上空。

那是一块西瓜地。

清明前后，点瓜种豆。当淅淅沥沥的小雨湿润了土地，当酥软的春风吹绿了田野，村里的耕牛就下地了。在远远近近的田地里，随时随地能看见有两头牛并排拉着一张犁，犁的后面跟着一个掌犁的人。掌犁的人的后面，则是一大群人，有点种子的，有施肥的……还有长着长尾巴的喜鹊站在刚翻起来的泥土上，寻找食物。掌犁的人不时会喊一声，把手里的鞭子在空中绕一圈，摔出响声。兴奋的喜鹊，低着头在泥里找找，就抬起头来，叫几声，然后再把头低下，继续寻找。远远近近的声音交融在一起，构成了一幅精美绝伦的春耕图。

这些我们都不关心。我们坐在教室里，一边听着老师讲课，一边想着别的事。海明会悄悄地揪揪我的衣襟，我故意不理他，装着认真地听老师讲课。海明就再揪，我怕动作太大了让老师发现，就扭头看他。他说：你说今年看瓜的会不会还是笸箩眼睛？我说不知道。他说：但愿别再是他了。我说：肯定还是他。海明就叹了一口气。

也许西瓜的种子还没有下到地里去，我们就开始想着西瓜的事了。海明一提起来，我们的眼前就会出现西坡上的那块西瓜地，我们的眼前就会出现一颗一颗滚瓜溜圆的西瓜来。我们的心思便被西坡上那块经常种西瓜的地吊起来。

一放学，我们就往西坡地上跑，现在还不是考虑是"笸箩眼睛"还是别的什么眼睛看管西瓜的时候，现在我们想的最多的是，今年村里会不会还要种西瓜。我们疯了一样跑出村子，疯了一样跑过村西边的一条河，又疯了一样跑上村西边的那一道坡。我们急切的心情，连风都受了感染了，风也像疯了一样跟着我们跑；连鸟也受了感染了，鸟们也在我们的头上跟着我们跑，我们跑得上气不接下气，鸟们则在我们的头顶上不停地叫着，好像一直在说：加油，加油。

那块地里，已经有了一个一个的坑。隔几步一个，隔几步一个，整整齐齐地排列着，每个坑里都浇上了水。那是西瓜窝儿，一看就是刚刚种下的。

我们心里有底了。海明一下子把虫虫推倒在地上，并压在虫虫的身上，我又压在海明的身上，我们在松软的泥土地里疯着，满身满身都是泥，都变成"泥包公"了。夕阳下，西坡上那一块刚刚种下西瓜的土地上，我们几个人疯着，我们已经把那块地当成了舞台，周围刚刚吐出一点点芽的树们是这个舞台的背景，西天边红灿灿的晚霞，则是我们这台戏的最好的幕布。远远近近，高高低低，各具特色的乡村上空的鸟们的叫声，则成了我们天然的喝彩声。我们演着我们自己的戏，而我们的戏才刚刚开始……

三

瓜苗长出来了。

瓜苗吐出了两个叶子。

瓜苗两指头长了。

……

我们的心思也随着瓜苗一点一点地成长。我们感觉时间突然之间变得漫长起来。

终于有一天，在瓜地的正中间，一个三角形的棚子搭起来了。两堵泥墙支在一起，后面有一堵泥墙堵上，就成了一个简易的瓜棚。瓜棚的一面向外敞着，看瓜的人就从这一面出出进进。另外三堵墙上都留着一个洞，看瓜人的眼睛就藏在洞的后面。

我们又看到了那个佝偻着身子、头发已经苍白了的、长着笸箩一样眼睛的人的身影。那是我的四爷爷。我的四爷爷又像前些年一样，在瓜苗开始朝外蔓延的时候，准时进入了他的前沿阵地，并立起了他在阵地上的临时住所——瓜棚。

我们的情绪突然之间从很高很高的地方落下去。我们的欲望又让那双笸箩一样的眼睛笼罩了。

海明和虫虫开始没来由地朝我身上扔土。

先是海明扔的。海明从地上抓了一把土，抓着抓着，就朝我身上扔。我说，你疯了？你疯了？疯了也不能往我身上扔土。我刚刚穿上一件新衣服，我还没有得意够呢。当然，新衣服也不是新的了，是我爹从矿上回来时，从我姨家带回来的。我姨哥穿剩下的衣服，我爹带回来，我妈洗了一下，我穿在身上，仍然算是新衣服。我从来没有穿过这么好的衣服，衣服上面有两个兜，下面也有两个兜，我故意把四个兜装得满满的，走路都一挺一挺的，尽管兜里东西多得让我走路的时候挺费劲，但我却感觉很舒服。

海明扔着扔着，虫虫也开始抓上土朝我身上扔。

我说："爷爷刚穿了新衣服了，爷爷刚穿了新衣服了。"

海明停了停，看看我的衣服。就更加使劲地往我身上扔土。

虫虫也停了停，然后就跟着海明更加使劲地往我身上扔土。

我变得灰头土脸了。我的新衣服也成土衣服了。我疯了一样从地上抓上土朝着海明、朝着虫虫一阵猛扬。我说："我扬死你们，我扬死你们。"我扬我扬我扬……

我们扬完了土，就都往回走。我们不说话，我们身上的土啪啦啪啦地往地上掉。

海明说：你那个长着笸箩眼睛的四爷爷呀……

虫虫说：你那个长着笸箩眼睛的四爷爷呀……

我也说：我那个长着笸箩眼睛的四爷爷啊……

四

西瓜一个一个像是从地上钻出来的样子，齐刷刷地铺在西坡的瓜地里，让冬日里冷冷清清的西坡在这阵子充满了生机。

海明早就忍不住了。他说，他的梦里堆满了西瓜，一切一个红沙瓣，一切一个红沙瓣。虫虫也急不可耐了，他一使劲，把过了河的鼻涕吸溜回去了。他一不使劲，鼻涕又流出来了。他带着长长的两条鼻涕，也说：我的鼻子里整天都是西瓜味，我感到到处都是西瓜的味道了。我们倒觉得他的鼻子里更应该是鼻涕味才对。他们说的也算是真的，我也早就变得魂不守舍了。

我们想着西瓜，但我们更想着那双笪箩眼睛。泛着青绿的西瓜勾起了我们的欲望，那双笪箩眼睛又像一瓢井拔凉水，兜头浇在我们身上。我们都还记得以前的好多次行动付出的惨重代价。有好多次，我们从西坡下边的那条沟里，慢慢地爬上西瓜地，才刚刚闻到西瓜皮的味道，就被四爷爷发现了，他的那双笪箩眼睛瞪着我们，他的破锣嗓子也在夏天的田野上响起来："你们这一群灰猴子们，你们这一群小害货们……"西瓜没有沾上，回到家里，是家长的一顿臭骂；到了学校，是老师的惩罚。老师让我们几个人站在讲台上面，他一个一个地看着我们，然后笑笑。然后就把右手伸出来，用大拇指压住中指，放在嘴上哈哈气，朝着我们的头上弹出来。第一弹，轻轻的。第二弹，劲大了点。第三弹，"嘭"的一声。我们的头上就开始疼起来，全身也疼起来。老师看我们龇牙咧嘴的样子，脸上带着笑，朝班上的同学们说："还是没有熟透的西瓜嘛！还是没有熟透的西瓜嘛！"

是一个有月亮的晚上。但月亮也不是很亮，毕竟只是初六初七左右的月亮，也就一牙子大小，就像是一牙子切开了的西瓜，一牙子让谁啃了好多口的西瓜。我们几个人悄悄地从家里出来，我们要采取行动了。我们从家里带了铁锹，又从周围的树上折下许多树枝来。我们悄悄地摸到离瓜地不远的一条路上，那是四爷爷进出瓜地的必经之路。我们在月牙儿的下面，悄悄地挖着，不大一会儿一个坑就挖成了。我们在坑的上面搭上了折来的树枝，又在树枝上苫上了浮土。我们这一招是从《地雷战》里学来的，那时候，公社电影放映队常来我们村里放电影，放的最多的就是《地雷战》。《地雷战》里挖坑是埋地雷，我们挖坑是要做一个陷阱。

回来的路上，我们开始哼歌。我们哼的歌是《地道战》里的歌：

地道战嘿地道战，
埋伏下神兵千百万，
嘿埋伏下神兵千百万，
千里大平原展开了游击战
村与村户与户地道连成片
……

唱着唱着，虫虫说："会不会让发现了？"海清说："不会，你以为笸箩眼睛真的那么厉害吗？他其实只能看见西瓜和我们。"

我们继续唱歌：

侵略者他敢来
打得他魂飞胆也颤
侵略者他敢来
打得他人仰马也翻
全民皆兵全民参战
把侵略者彻底消灭完
……

唱着唱着，我想起了什么，我说："不会跌坏吧。"那毕竟是我的四爷爷，我一开始对笸箩眼睛的憎恨变成了对四爷爷的担心。海明就瞪着我说："怎么，你害怕了？"海明一瞪我，我就发毛，我说："我害怕啥？我害怕啥？我只是随便说说罢了。"

五

四爷爷的腿瘸了好长时间。我们等着家长或者老师的惩罚再一次降临到头上，但是没有。我们好长时间不敢打西瓜的主意了。不是我们不想那些越来越吸引人的西瓜们，实在是我们做贼心虚的感觉一直压在心头。

又是一个傍晚。我们正在离西坡不远的村边玩耍，四爷爷一瘸一拐地过来了。我们本来一直是躲着四爷爷的，但我们玩得太专注了，当四爷爷走近了，我们才发现。我们站在那儿，谁也不敢说话，谁也不敢抬起头来看四爷爷一眼。四爷爷跟我们说："走，跟着我走。"我们谁也不敢说啥，只好乖乖地跟在他的后面。在淡淡的月光下，一个瘸腿的老人在前面走着，几个小孩子低着头跟在后面。四爷爷领着我们过了那条沟，上了那个坡，到了西瓜地里。"都坐在那儿。"四爷爷对我们说。我们不知道下一步会有什么惩罚，心里七上八下地等着。当我们抬起头来的时候，我们看到了圆溜溜的几颗大西瓜。四爷爷从棚子里取出一个小刀来，一下一下地把西瓜切开，然后说："吃吧。"我们谁也不敢动，我们不知道四爷爷是啥意思。四爷爷就把切开的西瓜拿起来，给我们每人手里递一块，说："吃吧，叫你们吃，你们倒客气起来了。"我们看着手里的西瓜，再看四爷爷。这时候，我们看到的四爷爷眼睛眯着，月光照在他的脸上，显得格外柔和。我们在那一刻没有看出那个有着笸箩眼睛的让我们又恨又怕的看瓜老头的神情。

"孩子们，咱们算是老对手了。其实说实话，我像你们这么大的时候，也像你们一样调皮，偷瓜上树的事也都干过。要说捣蛋，恐怕我是你们的祖师爷了，你们信不信？"四爷爷笑了，四爷爷笑得很天真，那一刻四爷爷变成了一个可爱的老头。

我们怎么也不能把眼前这个佝偻着身子、满脸皱纹的老头子跟调皮捣蛋联系在一起。我们胆子大起来。四爷爷看着海明，海明说："不信。"四爷爷又看虫虫，虫虫也说："不信。"四爷爷就看我，我看着四爷爷，没敢说话，只是摇摇头。

"其实每个人都有这个年龄段啊！"四爷爷说完了就抬起头来，看远处，四爷爷的目光空空的，又满满的。我们不知道四爷爷究竟在看啥，但我们知道四爷爷肯定是看到了什么东西。我们啥也不看，只对付摆在眼前的西瓜。

"孩子们，你们现在正是长知识的年龄，该好好地上学念书，不能整天想着别的了。"过了好长一段时间，四爷爷说："西瓜是好吃，但现在还是村里大家的，要是谁都来摘了吃，也用不着我这个看瓜的了，到了秋天各家各户也分不到西瓜了。各家各户分不到西瓜，就不能圆圆满满地过八月十五了。你们说是不是？今天，我让你们吃得饱饱的，今后可不准再打歪主意了。"四爷爷自始至终没有提到我们挖坑让他掉进去的事。他越不提，我们越觉得心里过不去。

"四爷爷，那天挖坑的事……"我说。

"那天，我们……"虫虫说。

"我们……"海明也说。

四爷爷知道我们要说啥的样子，逐个拍了拍我们的头，什么也没说。见我们吃得差不多了，四爷爷说："天不早了，回去吧。明天还要上学呢。"我们就站起来，我们的肚子都变得鼓鼓的。走出西瓜地，我们回头看，见四爷爷瘸着腿开始摆弄地里的那些西瓜了。天上的月亮快圆了，高高地挂在西瓜地的上面，把清清的光均匀地铺到树们、瓜棚和一个一个的西瓜上面。四爷爷蹲在西瓜地里的身影，完全被月亮的清辉罩住了。

"你们说那月亮像不像我四爷爷的眼睛？"我问。海明和虫虫抬起头来看一看，都说："像。"那一刻，我们真是觉得当时天上的月亮才像我四爷爷的眼睛呢。

或许是我们一下子长大了，从此以后，我们再也没有去西坡的瓜地里偷过西瓜。

拾 掇

　　想想，这三年真的是过得太潦草了。大致说吧，也还不到三年，就两年半多一点的样子。前年的中秋刚过，秋风开始吹了，田里的草开始枯黄，庄稼大都收回来了。有的粮食进家了，有的还堆在场上，等着一个晴天，再有点风，就铺开，套上骡子，一圈一圈地碾完，抽一锅子烟，再把秸秆挑出去。把粮食小秸堆在一起，瞅准了一股风，把小秸扬出去，再抽一锅烟，就装了口袋，一袋一袋地装回家去。山药呢，还在地里，反正迟一点也不会有啥损失，等别的庄稼都收拾完了，就省下心来专心去对付地里的山药。等山药都起完了，秋风也就开始变成冬风了。本来，过完十五就准备起山药了，也就两块地，一块在村子后边的梁上，一块在西湾里，两块地加起来也就九亩多一点。两个人没啥事的时候，慢慢地就起完了。可是儿子说过几天吧，过几天等矿上忙下去就回来，他和对象回来一块儿起山药，人多，也就两三天的样子。儿子说的时候朝着他们调皮地笑了笑。其实他们知道儿子还没对象，儿子这样说只是想让他们高兴。他们也不是硬要等儿子回来再起，他们其实一直起着，他们每天都要到山药地里去，一个人在前面刨，一个人在后面拾，起着起着，两个人会在地头坐一会儿。他们在地头上歇着的时候，总会朝着大路的那边望望。大路那边是一片树林，望着，感觉有人就要从树林走出来了，就一直望，但望着是那些树，在风里一晃一晃的样子；再望，还是那些树，还是一晃一晃的样子，好像是在对他们说，没有人，没有人。

可是呢，风还没怎么刮，十五月饼的味道还没有散尽，就传来了一个不好的消息。可是呢，秋风也刮完了，冬风也刮完了，又一年的秋风也刮完了，马上这又一年的冬风也快要刮完了，他们并没有望到儿子。

这三年，他们好像一直活在风里的样子，他们总能听到风拍打着树叶的声音，是秋风还是冬风呢，他们好像已经不在意了，有时候他们觉得秋风在他们的周围刮着，但那其实已经是冬风了；有时候他们感觉到冬风冷飕飕地刮到他们的身上，可是呢，那只是秋风一下一下地刮得正起劲呢。这三年呢，他们一直等着什么的样子，等什么呢，什么也没等，可是他们的心里却总是空落落的，似乎总是需要什么去填补一下的样子。他们的那些地也不怎么去好好侍弄了，杂草呢，得了机会一样在他们的那些田里就疯了一样长，而且漫得满地都是，好像终于逮着了报复那些庄稼们的机会，高高地蛮横地把那些庄稼压在身子下面。他们都不知道，又一个八月十五过完都有一阵子了，而年也近了。

"儿子说要回来了。"她突然对他说，她的脸上有了些笑意。那时候他们就站在风里，是冬风了。他们站在风里真的是等着什么的样子，很多的时候，他们会在风里站好长时间，一动也不动，好像他们站在那里成了两个本来就没有生命的物体。冬风把他和她的头发都吹起来了。冬风一把他们的头发吹起来，天也就愈加地冷了。

"啊？"他突然活了一样，还没有对这个世界有所认识的样子，只就怔怔地看着她。

"儿子说要回来过年了。他说两个年没有回来过了，他说今年要回来了。"看着他的眼里空空的，好像并没有在意她的话，她就生气了。她一生气就不再理他，只想她自己的事了，她脸上的笑意并没有因为生气而失去。

他终于有了意识一样，眼睛里有了光，脸也动起来了，并看着她说："你说啥？你刚才说啥？"她没有理他，但她脸上的笑意却越来越浓。她心里的内容越来越多，那内容就都一下一下地溢到脸上了。他努力地回忆着她刚才说的话，他说："你说儿子要回来了？你刚才是不是说儿子要回来了？"

她就说："儿子说要回来过年了，他说两个年没有回来过了。"

是啊，一转眼快三年了，不知道这两个年究竟是怎么过的。他们好像已经把这两个年都忘了，他们好像这么长时间一直就站在风里。

儿子在小煤窑受，儿子受的是重活，每天赶着骡子从煤窑下面往外拉煤。村里的孩子们到了十八九岁就都到煤窑去受了，也不念书，一卷行李一裹，直接奔煤窑去了，煤窑里苦重，但不耗时间，而且挣得也多，不像在农村种地，苦是不算太重，但得一年四季耗在太阳底下。有时候站在村子里的太阳底下，感觉一下一下地就把身上的精力都晒没了。而且，种地一年下来，顶多混个家里够吃，攒不下闲钱，连个媳妇都娶不上。到小煤窑受，是有时间性的，苦点，但一天就那么一会儿，干完了后睡觉、闲逛什么都行。小煤窑是非法开采，窑主也不怎想着往里投，只是一个劲地想着多出煤，抢抢夺夺挣几年也就做别的去了。所以安全保障就差，出事是经常的。窑主们是抱了投机思想的，上窑受的人也是抱了这思想的，把脑袋挂在裤腰带上受上几年，挣些钱娶上个媳妇，不想干了就去干别的。所以煤窑就经常出事，出了事也是正常的，窑主也不上报，就花上几个钱把这事私了了。也有的时候，消息漏出去了，上面就左一趟右一趟地来人，调查检查封窑等等……完了呢，有的窑主疏通疏通，就又开窑了。而有的窑主呢，干脆就组织人员偷出煤，反正出一车是一车，随着煤价越来越高，一车一车的煤从坑下拉出来，就是一车一车的金子啊。人们呢，也就不管是合法的还是不合法的，钱催着呢，生活逼着呢，一年四季在村里种地的人家，连房子都是破旧的，就更不用说花十万八万娶一个媳妇进家了。娶了媳妇进了家，就更得下窑了，一个一个孩子生下来，要吃要穿，要上学，也只好就拿着命到煤窑下面去挖了。不知从什么时候开始，村子里的人上小学也不在村子里上了，男人去煤窑干活，女人就进县城里租了房子，让孩子在县城里上学，租的都是三五十块钱的小烂房子，好像近几年价钱又长了。也有不进县城上学的，也就一家两家的孩子，也就一个两个学生，学校也有老师，每天看着只有一个两个学生的学校，都不知道课究竟该怎么上。那一个两个学生呢，上学也是有一下没一下的，他们的家长或者他们也只是想让他们的年龄在这个长满草的院子里一下一下地大起来。村子里在煤窑里送了命的年轻人有好几个了，出了事，煤窑给一点钱，女人就拿了钱领着孩子嫁了，而那男人呢，曾经鲜活的一条命也就永远地消失了。

"我们该拾掇拾掇家了。"她说，"儿子两年多没回来了，他说要回来我们不得拾掇拾掇家吗？"

"是该拾掇拾掇了。"他也说。他的眼睛里现在彻底有光了，他已经真实地存在于这个世界上了。

开始拾掇的时候，他们才发现他们这两三年里过得真是太潦草了。

以前每年过年的时候，总要把房子彻底粉刷一遍，窗户要贴上新窗花，窗花会是几朵花，或者是一种生肖里的动物。玻璃里里外外要彻底清洗一遍，墙上还要贴上新年画。他们还年轻的时候，贴的都是古装戏里的人物或者故事，再往后都是领导人物的头像，这些年呢，贴的都是好看的男男女女了，儿子长大后就喜欢贴这些，一开始他们看不惯，但儿子喜欢，也就不说什么，就这个儿子，儿子喜欢的一般都是他们喜欢的。两年没有拾掇家了，墙显得又黑又脏，黑也不是一样的黑，是黑一片白一片的；白也是不正常的白，只是相对于黑而言的。顶棚上灰尘拉成了一条一条长线，还有一只一只的死苍蝇，已经发干了，粘在上面，一晃一晃的，随时准备掉下来的样子。年画还是儿子在时贴的，是把一本影视明星挂历拆开贴在墙上的，都是一群年轻好看的男男女女。当时儿子拆开了贴在墙上，家里一下子就亮堂堂的，显得热闹了许多，好像满家里都是人了。现在那些人还在，但已经是灰头灰脸的了，脸上的光没了，连眼里的光也没了。玻璃也已好久没擦了，上面的污都要沾满了。

怎么会是这样的，看着这一切，她都不相信这是真的了。在村子里，她应该算是比较讲究的了，平时不管有多么忙，她每天都要擦擦家，家亮堂了心里也就亮堂，做啥事也就有了精神。年轻那会儿，村子里的人家，特别是有小媳妇的人家，论起谁谁谁家干净来，总会说到他们的家，她还专门为这自豪过。

该做的事真是太多了。墙要扫了要刷了，地上也要彻底清理，玻璃要里里外外擦一遍。顶棚也要裱一裱了，还是好几年前用大白纸裱糊的，有好几个地方裂开了缝，还有几个地方干脆就裂开了很大的口子，上面的纸耷拉下来，开门关门的时候，总要动一动，还会发出声音，"呼嚓……呼嚓……"的，就仿佛整个房顶子是一个人，而那是人在喘气一样。当然，炕上也要清理清理了，本来炕是很大很大的，但后炕上堆的是一些老玉米，几乎占了大半个炕，靠近灶台的这一边剩下窄窄的一条，只够他们两个人挤在一起睡觉。儿子要回来了，炕总得要清理出来的。

一切都是按着程序来的。

首先裱顶棚。裱顶棚是他的强项，活这么大不知道裱过多少顶棚了，给自己家裱给别人家裱，村里人家都知道他裱顶棚的活做得好，就都请他裱。好饭好酒吃喝完了，多多少少还能给点东西，所以有人请他的时候，他也是很有自豪感的。开始说只把破了的地方补补，但觉得别的地方太黑太脏了不好看，怕儿子看了不高兴，就决定全裱了。打了糨糊，买了白纸，她在下面递纸递糨糊，他就站在凳子上面裱。他手里拿着一把刷子，腰里别着一把笤帚，先拿刷子沾上浆糊往顶棚上刷开，等上不大一会儿，就一只手捉了白纸的一边贴在顶子上，另一只手伸开了顺着一个方向一捋，白纸就贴在了上面，然后从腰上拔出笤帚，一扫，白纸就贴得平平的了。很早以前家里穷，买不起白纸，就用人们用过的杂七烂八的各种废纸裱，顶棚呢，看上去就花花的，尽管尽量想裱得好一点，但上面还是字呀啥的横一行竖一行的。想起那时候的事，他突然笑了。她在下面看着他笑，有点莫名其妙，就说你发啥神经呢。他呢，还是笑，好像忍也忍不住。笑着笑着，他不笑了，跟她说起了一个故事。很早的时候，儿子还小，有一天儿子躺在炕上，面朝着顶棚，定定地看着某一个地方，一直笑一直笑。她说你看儿子笑啥呢，他就看儿子，儿子一直笑着。他们就抬起头来看儿子一直看着的地方，他们是想知道儿子究竟是笑什么呢。他们看到了顶棚，顶棚上是用一本书拆开一页一页裱起来的，儿子看的地方是一行一行很小很小的字，还有一只苍蝇正爬在那儿一动不动。他说儿子是在笑字呢，儿子将来一定很有文化。她说这么小的孩子还懂字？他是不是在笑那只苍蝇？他说儿子肯定是在笑那些字。她说儿子肯定是在笑那只苍蝇。他说苍蝇有啥好笑的。她说字有啥好笑的。他们争了好长时间，再看儿子，儿子还在笑，而且一动不动。他们害怕了，就爬在儿子身边看。她伸出手来在儿子的上面晃了晃，儿子没有任何反应。原来儿子根本就没有醒着，他一直在睡梦里。想想，儿子好多时候都是睁着眼睛睡觉的。

她也笑了，她好像把这件事忘了，但又觉得真得有过这么一件事。她的眼前就出现了儿子小的时候躺在炕上的样子。

顶棚裱完了，墙刷完了，玻璃擦完了，好像该做的事都做完了。关于家里贴啥年画，两个人想了想，还是等儿子回来再说，墙上原来的那些好看的男男女女都显得又旧又脏了，现在谁又知道儿子喜欢贴啥了呢。

家里明显地亮堂了许多。这是以前的许多年他们的家里的样子啊，看着亮堂的家，他们好像又回到了以前。

就是在收拾炕上的东西的时候，有了一点事。收着收着，她就说："儿子回来要挨着我睡。"他说："挨我。"她说："凭啥挨你？"他说："凭啥挨你？"她说："我是他妈。"他说："我是他爹。"她说："儿子一般都挨着妈睡。"他说："那是小时候，哪有大小伙子了还挨着妈睡的。"说着说着，她生气了。她一生气就不再说话，沉着脸干事。他也不说话，一下一下地干事。干着干着，他看她一眼，他说："还生气？"她不理他，还是沉着脸干事。过了一会儿，他再看她，还沉着脸，还在生气。他就说："看你这人，让儿子睡中间不就都挨着了吗？"也是，她想想，"咦"的一声笑了。她一笑，他感觉她年轻了，在这两年多里，她的头发全白了，她脸上的皱纹也多了，她这一笑，他好像看到了她年轻时的影子。

干着活，炕上的东西越来越少了，干着活，他们不再说话，都在想着什么的样子。突然呢，她坐在那儿，一动不动了。他呢，就抬起头来看着她。坐着坐着，她哭起来了，而且声音越来越大。

"儿子回不来了。"她边哭边说。

"儿子真的回不来了。"她一直说一直说。

他看着她，一句话也不说。

他看着她，不知道该说什么。

"我只是做了个梦……"她边哭边说："儿子说他要回来过年。"

他还是不说话，一直不说话。

她的哭声和断断续续的说话的声音把屋子里的空气切割得支离破碎。

干　菜

　　冬生家的堂屋摆着一长溜大缸。大缸们高高低低地靠墙站着，有的还有光泽，有的已经没了光泽，它们静静地站在岁月里，就像一排入伍时间不一样的老兵，疲惫地等待着退伍的日子。每个缸里都装满了干菜，发出一股股苦涩的霉味。在阴沉的天气里那股味道会从缸沿的缝隙里蹿出来，蹿到很远的地方去。

　　那些干菜是冬生妈的宝贝。

　　冬生妈守着干菜，总会在没人的时候露出笑容。那笑容会在某个时候把有点暗的屋子照出生机。冬生妈守着自己的宝贝，而且在一年年地增加着自己的宝贝。干菜的味就一年浓似一年地在冬生家的周围蔓延。

　　冬生妈是冲着干菜嫁给冬生爹的。

　　媒人说那是一家好人家。

　　冬生妈就和她爹怔怔地看着媒人。冬生妈的爹觉得该问一句什么，但一下子又想不起来，就认真地看媒人，冬生妈看了她爹一眼，也认真地看媒人。媒人就很是坚决地说，真的，真的是一家好人家。

冬生妈的爹还是看着媒人。冬生妈的爹想和人说话又说不出来的时候就一直看着对方。

冬天有干菜呢！媒人又说。过去了，顿顿能吃炖干菜。

媒人说完这句话，冬生妈的爹突然就笑了。

笑完以后，冬生妈的爹很是爽快地说，行。

冬生妈的爹就觉得自己没有啥问的了。他就想要不人家能做媒人，人家就知道别人想要问啥。冬生妈的爹就觉得人家真是吃媒人饭的。

冬生妈就坐着花轿在一个晴朗的日子里走上了出嫁的道路。

那是冬天，树叶在地上特寡没味地飘着，抬轿人的脚步声响得很悠长，但冬生妈没在意，冬生妈的鼻子里总有一股绵长的干菜的味道，冬生妈摇了摇头那味道还在。

快到冬生爹家的时候，那味道真的飘过来了，夹杂着油的香味。那一刻冬生妈真的想撩开轿帘，跑下来顺着那味道跑到厨房里去。那时冬生妈家里穷，冬生妈的妈早早地就死了，只有冬生妈的爹和冬生妈两个人寡寡地过着，偶尔有点啥也让冬生妈的爹喝了酒。只有那时候冬生妈的爹那滋滋品酒的声音显得很有味道，而冬生妈则坐在一边不说话，寡寡地想些什么。有时候就特没味地看看从窗户外飞过的鸟。

那一天来坐席的人很多，人们吃着麻油土豆炖干菜，感觉到当皇帝也不过如此。

人们吃着喷香的麻油土豆炖干菜，嘴上都挂了油星子。他们一边吃一边看着新媳妇从轿子上下来，就都说这是个有福气的媳妇。人们说这些的时候，冬生妈已经跑进厨房去。冬生妈嫁过去以后，每个冬天都会有干菜吃，这曾让她在别的媳妇们中间显出与众不同的优越。

冬生妈就在干菜的味道里逐渐地老去了。

曾经水灵灵的冬生妈也就变成了一攥干菜。

冬生家的院子很大，冬生妈每年都在院子里种好多菜，吃不完就切成细长细长的条子晒在院子里的空地上，院子里的空地经常晒得满满的。冬生妈的鸡窝上、屋顶子上都晒上了干菜，就连拴在院子里的晒衣服绳子上都挂得满满的。一到了秋天快要到的时候，村里的人就说冬生妈又开始摆阵了。有人要到冬生家，别人就会说你做好破阵的准备了吗？大家说完了就笑笑。冬生总说，妈，你晒那么多干菜干啥。冬生妈就看愣子一样，看着冬生。冬生妈就笑了。

冬生妈看着自己的成就一样看着满院的干菜，意味深长地说了一句：傻孩子。

这句话冬生妈是包含了太多内容的，而冬生则只听到了一股干菜的味道。冬生就怔怔地看着那些干菜在秋日的阳光下晒着。秋日的太阳尽管已经不怎么强了，但燥。秋日的阳光就让冬生妈晒的干菜一下一下地变得越来越干。

在冬生妈干菜一样的岁月里，冬生也长大了。

冬生妈晒着自己的干菜，总会在院子里抬起头，看一看远处，然后想冬生会娶进一个如花似玉的媳妇。想到这儿冬生妈就会笑出来。冬生妈笑得很灿烂，冬生妈的笑里就会有一种平时不多见的成就感。冬生妈是在想有这么多干菜的人家能不是好人家吗？冬生妈又在想谁家的闺女不愿意进这样的家呢。冬生妈想着想着就觉得自己真的是个很了不起的人。

有人曾经给冬生领来过女孩，女孩在冬生家院子里的干菜间穿行。女孩第一次走进这样的院子，女孩子闻到一股子发了霉的味道在空气中飘来飘去。女孩子就想怎么就有这么一股味道？女孩子就又想怎么竟有这么一股味道。女孩子在冬生家坐了一小会儿就说想上厕所，自己踱出来，也没和媒人打一声招呼就走了。急急地走在挂满干菜的院子里，女孩子碰落了一串冬生妈精心晒在那儿的干菜。

女孩子离开了就再没有音讯。冬生妈见了几次媒人，媒人就哭一样地笑笑。媒人就说再说吧再说吧。然后就走了。冬生妈是过来人，她明白了媒人的意思。她就愤愤地想，能进了这个家的人得有福气呢。冬生妈就又想不是谁也能服住这个福的。

冬生妈想着就又捣着小脚走回家去。冬生妈看到了天上的几片云，她还记着她院子里晒着的干菜，她是怕雨淋湿了她的干菜。

冬生已经很大了，可还是没有娶上媳妇。

这让冬生妈不理解。冬生妈就总在有人没人的时候坐在晒满干菜的院子里想心事。

冬生妈想的时候，有时天上的云很多，有时天上的云很少。有云没云的日子里冬生妈就也老了。

冬生妈想着想着就总会想到她出嫁的那个日子。

那个日子多好哇！

那种味道多好哇！

冬生妈仍然每天晒干菜。

冬生离开家进城里谋生去了。冬生的远房叔说冬生你还是进城去干活吧。在城里干活的人村里人看得起，要不你啥时才能娶上个媳妇。冬生妈就瞪着冬生的远房叔，冬生妈的眼里塞满了内容。但冬生的远房叔没有看到，冬生的远房叔还在说，冬生你真的出去干干吧。

冬生就很是认真地点了点头。

冬生终于进城去了。冬生走的时候冬生妈说带点干菜吧。冬生妈说这话的时候下了很大的决心，她一直想把她攒下的干菜留给冬生娶媳妇时用。但冬生要进城了，她还是说冬生你带一点吧。

冬生摇了摇头。

冬生妈又说就带上一点吧，多着呢。

冬生又摇了摇头。

冬生妈就从柜子里取出一袋干菜放进冬生的兜子里。像放什么特别重要的东西似的，放在兜子的最里面，好像是怕让人偷走一样。

冬生妈放好了，冬生拉开兜子又取了出来。冬生说进城还要把这带去吗？冬生说完了就把干菜扔了出来。

冬生妈说进城就不能带这了？

冬生就不再和他妈说话了，低着头忙自己的事。

冬生妈就怔怔地看着那袋干菜。

冬生背上行李走了。冬生走出去好长时间了冬生妈还在呆呆地看着那袋干菜。

冬生妈仍然像以前一样一心一意地晒着干菜。

冬生很少回家来。有时候回来了，也待不上多长时间就走了。冬生妈总会和冬生说起媳妇的事，可冬生不说话。不说话的冬生就像一块石头，让冬生妈肚里的许多话也憋了回去，只看着自己晒在院子里的干菜发呆。

冬生好长时间没有回来了。

冬生妈就整日坐在干菜下面想心事。冬生妈大部分时候就那么呆呆地坐着。有时候也笑一笑，那是她想到了冬生没准会在某一天领一个女孩子回来。想到这些，她就想那个女孩子看到了院子里的干菜，那个女孩子的脸上满是笑容。她就会领着那个女孩子去看她积攒的好几大缸干菜。

多么好的干菜呀！女孩子发出了一阵赞叹。

多么好的一家人呀！女孩子又发出一阵赞叹。

冬生妈想到这些，她的笑就在夕阳里显得特别动人。

可冬生一直没有领个女孩子回来。因为冬生回不来了。冬生一次在城里干完了活，就一个人到一家小饭店去喝酒。冬生喝了好多好多酒。冬生喝得很绝望，喝完了酒一个人就晃晃悠悠地走出去。

走着走着冬生就坐倒在冬天的大街上。北风呼呼地吹着。街上没有一个人。

一片枯树叶从树上飘下来，在空中打着旋，就像一片晒了好久的干菜。冬生就觉得有一股干菜的味道从一个很远很远的地方飘过来。

冬生想这里怎么有干菜味。

冬生想这里怎么也有干菜味。

冬生想着想着，就什么也不想了。

冬生妈的又一缸干菜快要满了。冬生妈经常会揭开缸看一看，冬生妈这时会想到早早离开自己的老头子。冬生妈会得意地说：老头子，你看见了吗？我要让咱冬生的媳妇知道她家的干菜比她婆婆当时嫁过来的时候还要多。我要让冬生媳妇知道她是天下最幸福的女人。

冬生回不来了，但冬生妈不知道。人们没有告诉冬生妈。人们想着冬生妈也将像一片干树叶一样飘得无影无踪。有人来冬生家看冬生妈。来了的人看着冬生妈认真地晒着干菜，就说：不要晒了，冬生还会需要那东西吗？来人说的话闪闪忽忽的，话里含了许多东西。但冬生妈没有听出什么来。

冬生妈说我的又一缸干菜快满了。我的又一缸干菜用不了多长时间就满了。冬生妈说没准哪一天我们冬生领了个媳妇回来看见这么多干菜，她该多高兴啊！我会告诉她她比她的婆婆有福气多了。

来人就心情沉重地走出去。

而冬生妈认真地晒着干菜，竟忘了和往外走的人打一声招呼。

冬生妈闲下来的时候也会望一望大门。

冬生妈望着望着，眼前就会出现两个人的影子。

那是冬生和一个她已经熟悉了的女孩子的影子。因为她在心里已经把那个女孩子的形象想了好多遍。

毛　旦

毛旦是村里的闲人，一般不干事，也没有啥事可干。

走进村里，看到一个人软软地在村子里走，好像要倒的样子。那个人就是毛旦。毛旦有时候坐在村口的那块大石头上看天。毛旦看天的目光空空的，有点不着边际的样子。毛旦总朝村后的大路上望，毛旦的目光远远的，有时竟会飘出几朵云来。

毛旦有时也忙。毛旦的热闹时节是正月。

噼噼啪啪的小鞭炮把岁月炸出一股一股火药的味道，油香还在空气里很认真地飘着，站在街上的人们就耐不住了。

该唱戏了。不知是谁先说了一句。

别人也就都说，真的该唱戏了。

忙了一年，折腾了一个腊月，吃了半个正月。下面还有什么可做的呢？

就是，还有什么可做的呢？

唱戏呗。

不唱戏还能做什么？

于是有人就慌慌地朝村后跑，那脚步里也就含着许多许多的急迫。

村后的路口就真的有人蹩着脚来了。四五个人，互相搀着，步子"擦拉擦拉"的，大多是瞎子。有时也有有眼的，大多是女人。女人目光空空地领着几个人朝着村子走过来。脚步沉沉的，总像要把路轧出痕来似的。

为什么要跑到村后的路口呢。那几个人是从后面的口外来的。唱戏的人一般都是从口外来的。每年的这个时候，风一样，来了。

人们就都说找团长去，快快找团长去。

团长就是毛旦。毛旦当过团长，那是农业社的时候。那时候，每个村子里都有宣传队，一到冬闲了就聚在一起排戏。毛旦一直在宣传队里打里照外，负责召人、组织排戏唱戏的事，人们就把毛旦叫成团长。还有就是毛旦还有权划工分，有个女孩子为了让毛旦给多划工分，就让毛旦摸过好几次手。毛旦还想做点啥，就让那个女孩子吐了满脸唾沫星子。

以后村里再不时兴排戏什么的了，但毛旦团长的名却有了。

毛旦没有结过婚，无家一身轻，又是个乐于红火热闹的人，村里杂七烂八的热闹事，就都由他张罗，他也乐于去做。不管怎么卖劲，也不怕误了家里的事，反正家里就他母亲，不会因为他误了事而怎么样。据说毛旦三十岁的时候，有人曾给他领来一个女人，他看了也挺满意。但最终没有成为他的女人，而成了他兄弟的女人。

毛旦兄弟和毛旦差三岁，媒人领来那个女人相亲的时候，毛旦兄弟就看上了，他当时没说话。那个女的是和她爹一起来的，走的时候，他们父女俩在前边走，毛旦兄弟就跟在后面。就一直跟到女人的家里，帮着不停地做活。还从小卖铺里买回了酒，连着几顿把女人的父亲灌得跌东倒西。那个女人就成了毛旦兄弟的女人。

毛旦也有差一点就结了婚的时候。

有一次，也是几个从口外来的戏子来唱戏。那天晚上戏台子正唱着戏。那个小一点的女戏子就里里外外地看，女戏子看到了台子下的人，也看到了黑黑的天。

女戏子看人的时候，先看到的是后台的毛旦。毛旦也正看着女戏子。毛旦一般都在后台。村里唱戏的时候，忙里忙外的事情都是毛旦的，比方给火炉子加加火，维持维持后台的秩序。戏子们忙不过来，他也帮个忙什么的，还领着没眼的戏子们到外边拉屎撒尿。有了这个方便，毛旦有时候就趁机捏捏女戏子的手。女戏子们见毛旦忙来忙去的，也不恼，只浅浅地朝毛旦笑笑。

那个女戏子又看了看围着看戏的人们和黑压压的天，就对毛旦说：我想尿尿。

毛旦看了看外面的人，再看看那几个永远闭着眼海拉海唱的男戏子，什么也没说，就往外走。女戏子就站起来跟着毛旦往外走。

毛旦把女戏子领到了社房院子里，那里没人，唱戏的时候一般村子里别的地方是没人的。黑黑的夜色把社房院子罩得严严的。

听着女戏子尿起来的"沙沙沙沙"的声音，毛旦说这是哪出戏？

女戏子就笑，笑得很响。尿声也就一阵紧一阵松，和街外飘过来的锣声鼓声合着拍地响。毛旦就在社房院子里把那个女戏子摁倒了。

那一刻女戏子想毛旦看上去软软的，原来也还是挺有劲的。

女戏子也就顺着毛旦的力量倒下去。

在黑黑的院子里，毛旦和女戏子坐了很久。

外面锣鼓还在咚锵咚锵地响，戏子们还在咿咿呀呀地唱。

毛旦听着外面的声音，毛旦说：我要娶你。

女戏子没说什么，点了点头。

女戏子说还要走南闯北，你能跟着？

毛旦说留下来我就娶了你。

女戏子说跟我走，我就嫁了你。

你留下来。

你跟我走。

毛旦想了一会儿。毛旦长这么大还没有离开过他的家，没有离开过他的娘。毛旦看到了戏子的路，毛旦没有看见那条路的尽头。

毛旦又说，你留下来。

女戏子想了一会儿。女戏子离不开她的戏子生涯，女戏子看到了村子上空懒懒的天。女戏子不是想就这么跟着几个瞎眼男人到处奔波，女戏子是不愿意跌在庄稼地里日日蚂蚁一样爬行。女戏子有一次在望不到边的莜麦地里割莜麦，她割一下就抬起头来看看莜麦地，那莜麦地灰灰的，一直通到很远很远的地方。她从齐刷刷的莜麦尖上看到了没有尽头的绝望。

女戏子又说：你跟我走。

最后他们同时摇了摇头。

戏结束的时候，毛旦没有跟着女戏子走，女戏子也没有留下来。

以后每年都有戏子来村里唱戏，那次来的戏子里的几个人也来过，可那个女戏子却再也没有来过。

就那么一次，毛旦就觉得女戏子的身体里有了自己的孩子。毛旦总在想，我的孩子也长大了。

毛旦每年都在算。

毛旦说：我的孩子两岁了。

毛旦说：我的孩子三岁了。

毛旦说：我的孩子四岁了……

毛旦一直说了许多年。毛旦不是跟别人说，毛旦是在心里对自己说。

毛旦死的那天天很冷，外面正刮着大风。

毛旦想我的孩子也成大人了。

毛旦又想我的孩子真的成大人了。

恍恍惚惚，毛旦觉得有一个人正朝他走近。毛旦觉得那个人就是他的孩子。那个人踩响了院子里飘落的干树叶。

毛旦一直瞪着院子。毛旦等着他的孩子出现。

其实那声音是风忽紧忽慢的声音。

风很大，风吹起了院子里的干树叶。

但毛旦相信那就是他的孩子踩出来的声音。

毛旦闭眼的那一刻脸上渗出来的全是笑，那是毛旦这么多年来最灿烂的笑。

老去的阳光

一

一朵儿云，在戏台顶子上面挪着。

挪着挪着，就有一半儿钻进戏台后面了。

张先生朝着南面的墙尿了一泡，抖抖，就打了一个激灵。每一次尿完的时候，张先生就感觉有一股子凉气会从身上涌出来。

一只鸡从墙后面探出头来，脸红红的，看着张先生。张先生笑了，好像是一只熟悉的鸡了，好像每天都能在院子里见到。就熟人一样，张先生朝前走了一步，说：您儿好啊！说完，张先生笑了，张先生笑得莫名其妙，那只鸡就把头一扭一扭的，眼睛眨着，对张先生的言行很不理解的样子。

张先生提了裤子，裤带还没有系上，哼着歌，就朝那只鸡走去。看看走近了，那只鸡"咕咕"地叫几声，看看张先生，再扭过头看看别处；又看看张先生，再扭过头看看别处，那只鸡真是想不透张先生为什么要朝着自己走来，就扑扑楞楞地晃着身子朝远处跑去，鸡的身子一晃一晃的，影子也是。看着看着，张先生就朝着远处大声地笑起来。

张先生开始唱，张先生唱的是民间小调，张先生心情好的时候，就喜欢唱这些小调：

蜜蜂呀那个落在呀那窗眼眼那个上
想亲亲那个想在呀这心眼眼那个上
稻黍那个开花呀这顶顶那个上
操了心心那个操在呀这你身那个上
……

女孩月英从戏台后面的街上走上来。

女孩月英花枝招展的，嘴里说着啥，两只手上下舞着。

女孩月英头上戴的是好几朵南瓜花。南瓜花黄灿灿的，一朵两朵三朵……月英的头就黄灿灿的。黄灿灿的女孩月英的头在阳光下移动着，有几只蜂落下了飞起来飞起来又落下去。

黄灿灿的南瓜花走近了，女孩月英就说："饭——饭；饭——饭——"

张先生抬头看看天，太阳已近中天了。是该吃饭了。女孩月英每天总会花枝招展，昨天是满头狗尾巴花，今天是满头南瓜花，明天可能是满头胡麻花……每天只要月英花枝招展地出现了，并摇着头上的花说："饭——饭；饭——饭——"就该是吃饭的时候了。真是很准很准的，张先生连表都不用看。

张先生停了嘴里的小调，系好了裤带，手一甩一甩地往回走。南瓜花跟在张先生后面，也走。南瓜花的手也一甩一甩的，两个人一前一后，排着队的样子，太阳在身后就把他们的影子贴到前面的地上面。上一个坡，就是教室。张先生推开门，先看看教室里的学生们，学生们的头齐楚楚的。刚才还是交头接耳、叽叽喳喳的样子，张先生推开门，一下子就静了。有的人头还没有扭过来，朝着某一个方向定着。还有的人一句话没说完就在牙缝里卡着，听到门响，就不知道把这句话说出去，还是咽进肚子里去。张先生清了清嗓子，就对着高高低低的头们说：下课了。

张先生的"了"字还没有出口，教室里就"轰"的一声，一锅粥了。张先生身后的黄瓜花，看着教室里的头们，开始拍着手跳，还放开了嗓子喊："下课了，噢；下课了，噢——"

南瓜花们就乱乱的了，有的歪着歪着，就从头上溜下去。最后全都掉在地上了。

二

张先生来村子教书好几年了，张先生是北面一个叫厂汉营的地方的人。

张先生不是正式老师，是代课的。代课的老师没名分，在乡里领工资的时候，得等正式老师领完了，才领。张先生在北面的时候，其实也是正式老师，挺有名的。好像人们说起张先生来，都是知道的。可是在某年某月的某一天，张先生却出现在了这个小村子里。张先生背着很小很小的一卷行李，行李的后面拴着一个小饭盆，走路的时候叮叮当当的，村里的狗就都率先叫起来了，像是朝着讨吃要饭的人狂吠一样。讨吃要饭的人一来村里，狗们就会聚起来忽前忽后地咬，而且一直跟在后面，倒像是它们也知道人家是做啥的似的。

张先生径直向村子西边的庙走去，人们知道了这个人不是来要饭的，却是来教书了。

村子里开学好长时间了，一直没有老师，是村子偏，没有人愿意来这里。村子到乡里开个会或者给学生们领书，得走好远好远的路。孩子们到了上课的时候，不上，到处疯。倒疯得家长们有点沉不住气了，就总往东边的大路上望，总想望见一个像老师一样的人出现。

学校设在村子西边的庙里，庙早就荒废了，佛像啥的早就不在了，但墙上的壁画还在，花花绿绿的，一看就很老很老了。庙院分两部分，上院和下院。庙的前边是上院，老早年是砖铺地，砖都黑黑的了，草们欺负砖似的，总一个劲地挤着从砖缝里出来，就感觉砖们瘦瘦的。下院低出上院一大截，没有铺砖，把土踩实了，也就平平的了。下院边上就是村子里的戏台，正好对着上面的庙堂。早些年，逢处过节的，村里会请了戏班子来唱戏，县里的梆子名角二圪蛋、筱桂花、草上飘都来演过。这些年，庙也荒了，戏台也寂了，戏是好多年都不演了。村里没有地方，就让学生们把庙占了当学校。戏台呢，成了雀儿们的舞台，没人的时候，就叽叽喳喳地叫、扑棱棱地飞，人来了就静了，睁了黑溜溜的眼睛藏在洞里把头扭来扭去地看。

张先生离开厂汉营据说跟女人有关，但谁会在意呢。对于村里人来说，有人把闹翻了天的孩子们收拢在一起，就烧高香了，谁还会去管那些闲事，操那些闲心呢。再说，看看张先生那样文文雅雅的样子，也不像是一个太那个啥的人。人们也不管他是正式的还是代课的，反正都把他当老师来看。

那年的雨好像特别多。

白天还是丽日高照，　到天快黑的时候，云就开始聚拢，聚着聚着，就凝成黑压压的一片了。再抬头看，浓浓的黑云团就朝头上压下来。学生们都下学回家了，教室一下子就由刚才的闹变得静了。张先生坐在教室旁边的宿舍里，一个人，只有影子陪着。窗外拥挤进来的黑暗把屋子里的灯光挤得瘦瘦的，每到这个时候，张先生就感觉自己也被那黑暗一点一点地挤得瘦瘦的了。

雨说下就下了。有时候是扑棱扑棱地下，一直扑棱扑棱地下，不急不缓，把时间拉得很长很长。有时候是先扑棱扑棱地下，下着下着就哗哗哗哗地大起来；还有的时候，则是一开始一点征兆也没有，在突然之间，就"欻"的一声，天都塌下来了的感觉。张先生喜欢这样的雨，在天塌下来的感觉里，他也感觉到了畅快淋漓的快感。但大多数的时候，是那种扑棱扑棱一直不紧不慢下着的雨，在这样的雨里，张先生感觉自己正在被那漫长得不知道什么时候才能停下来的雨声一点一点地揉碎。就是在这种感觉里，张先生听到了院子外边的笑声。这笑声尖尖的、厉厉的、脆脆的，从雨声的缝隙里生生地挤进来，传到张先生的耳朵里。

张先生不相信自己的耳朵，就揉揉。却是真的。笑声忽低忽高，忽远忽近，感觉把雨的声音都撕成一截一截的了。

这声音在张先生的耳朵里越来越真切，张先生的心就疼疼的了。张先生像是听到了久远的很熟悉的声音，张先生觉得那是梦里的声音，他的泪就开始在这个雨夜里决了堤一样流。

不知过了多久，一个女孩站在了张先生面前。她的身子湿湿的，她站在张先生的跟前，一直看张先生流泪，也不说话，只看。张先生只顾流泪了，张先生感觉把心里好多年积下的东西都流尽了，还在流。张先生感觉会在雨声里把自己流成一滴雨，最后连一滴雨都没有了。

"你哭啦？"有一个声音从头顶上飘过来。

张先生点点头。张先生感觉那声音很远很远。

"大人也哭？"张先生又点点头。

"谁欺负你了？"不知道谁欺负自己了，想想不知道谁欺负自己了，想想只是难受得想哭，张先生突然就哭出了声。

不知道雨在什么时候就停了。张先生抬起头，就看见了一个女孩湿湿地站在自己的身边，大睁着眼睛，专注地看着自己。

"你是谁？"张先生抬起头。

"你是老师。"女孩说。

"我是问你是谁。"

"我是谁？我是谁？"女孩忽闪着眼睛想了一会儿。女孩说："我是月英。"

"你的家在哪？这大黑夜的，又下雨，你出来干啥？"

"我的家在哪？我的家在哪？"月英翻着眼睛，想。月英想了好长一会儿，月英说："我的家就在这儿。"雨水顺着月英的身子一直往下流，地上积了一大堆水。月英指着说："看，看，我的家；看，看，我的家。"

灯光下，月英的影子瘦瘦的。张先生盯着月英看了好长时间，看着看着，心里忽然感觉有些难受，张先生忽然就撕开嗓子大声地唱开了：

夕阳呀那个落在呀这山耕那个地

一桩桩那个心事呀想起那个你

蜜蜂呀那个落在呀那窗眼眼那个上

想亲亲那个想在呀这心眼眼那个上

一对对那个蝴蝶呀在绕天那个飞

不想那个别人呀单想那个你

不想那个别人呀单想

单想那个你

……

月英没有家。月英每天就待在学校旁边的庙里，饿了，就到村子里的随便那一户人家，说：我饿了。村里的人家，不管是谁家，都会给她把饭端上来，让她吃饱。村里的人家都穷，但月英来了，总会咬咬牙，给她东西吃，吃得不一定好，但总让她吃饱。看着月英吃饭，村里的人家就都会叹着气说：这孩子啊！

月英是在突然的某一天来到村子里的，究竟是哪一天，人们记不得了，人们的感觉里，她好像一直就在村子里呆着。人们曾经以为她跟别的神经有毛病的人一样，从村子里路过，跟一户人家要点吃的，吃完了，就顺着随便的一条路走了，再也不会回来。可是月英不是，就在某一天来了后，她就再也没有走。她在学校旁边的庙里待了下来，一开始她就蜷在一堆草里，时间长了，有人给她送来一块木板，还有的人家怕她冷，把家里不算太好的被褥给她放在庙里，这样积攒下来，竟有了一大堆。冬天天冷的时候，月英就滚在一大堆被褥里。

冬天，月英待在河边，看村里的孩子们在河上滑冰；夏天，就到野地里采花，黄红蓝白各色各样的花插在头上，到处疯跑，倒让小村的夏天丰富多彩起来。到了夜里，人们经常能听到月英在戏台里咿咿呀呀的声音，不知道她在唱啥，但人们听了她的声音，心里都酸酸的。

张先生给月英换了衣服，还让她洗了脸梳了头。打扮起来的月英，看上去挺像一个正常的女孩子，而且长得周周正正的，看着这样一个女孩子竟然是个疯子，人们就都替她惋惜。张先生不再让月英住在破庙里。他给月英准备了干净的被子，让月英住进他住的房子里来。让这样一个跟自己儿子差不多大的女孩住在破庙里，张先生心里难受得不行。但每一次张先生看着月英在房子里睡下，到第二天早晨，他看到月英睡的地方却是空空的。到破庙里看，月英滚在原来的破被子里睡得正香呢。

"谁叫你又睡这儿了？"有一次张先生火了。

"谁叫你睡这儿了？你知道不知道，你睡在这儿跟一头猪一样。"张先生的火气越来越大。

月英蜷在那儿，瞪着眼睛看着张先生，一句话也不说。显然月英也看出张先生生气了，她有点害怕。

趁月英不在，张先生把她睡的破被子扔在了村子前边的河滩上。他是想逼着月英不在破庙里睡，可是第一天晚上看着月英睡下了，第二天早晨起来，月英又睡在破庙里了，她的身上盖着的还是张先生扔掉的破被子。这样好多次之后，张先生不再坚持了，他只是想办法把月英睡的地方弄得好一点。

月英不再到村里的人家吃饭了，一到吃饭的时候，她就对着张先生说：饭——饭——，张先生就知道吃饭的时间到了，张先生就看看天，看看已到中天的太阳，对着教室里的学生们说：下课了。学生们一哄而散之后，张先生就开始做饭。

张先生曾经想让月英念书，还给她买了课本，但月英坐不住，她坐在教室里到处看，而且看着看着，就会笑起来。别的学生也不跟月英坐，只要看见月英就躲得远远的。张先生给月英买的课本，她都一页一页地撕烂做了花，插在头上，要么就撕得碎碎的，顺着风扬了，边扬边说：飞——飞——飞啊；飞——飞——飞啊……

张先生叹了一口气，她终究是个疯子啊。

三

张先生又开始捂肚子了。

张先生经常会在突然间捂着肚子，捂着捂着，就蹲下了身子，汗珠一颗一颗地从他的脸上往下滴。张先生就一只手顶着肚子，一只手朝学生们一指，说：下课吧。学生们下课后，张先生就挪回屋子里，从放着碗筷的黑柜子里抓一把东西，一下捂到嘴里，慢慢地咽下去。那是碱面。碱面白白细细的，张先生拿起碗喝下几口水，嘴边是一圈白。碱面喝下去后，过一会儿，张先生脸上的表情就缓和了，并长长地舒出一口气来。但这一次，张先生没有好起来。他也知道这一次他真是与以前不一样了，在暗淡的灯光下，他蜷着身子，一口一口地吸着气，上气不接下气。窗户上糊着的破报纸啪嗒啪嗒地响着，也上气不接下气的样子。张先生看看窗外，窗外的天黑黑的；再看教室，教室也黑黑的，能看到那些支离破碎的桌子们，它们在白天支撑着村里的孩子们，到晚上就支撑着屋子里的黑暗。再看看屋子，这是自己后半辈子住了好长时间的屋子，怎么来到这里的，连他自己的记忆都有点模糊了，是在一个冬天，还是秋天；是在一个早晨，还是黄昏；是在一个晴天，还是阴天……张先生真是记不起来了，也或者，他根本就不想记起来。只有每一个黑夜，窗外的风或者陪着他入眠的光影，在他的脑子里很清晰地留着。

月英……月英……张先生喊了几声，就趴在地上。

张先生还在喊，但声音越来越小，越来越小……

饭——，饭——。月英蹦蹦跳跳地从外面回来，嘴里喊着，见张先生趴在地上，她就过去推推，说：饭——，饭——。张先生的身子软软的，张先生的头朝一边歪着，没有像平时一样嘴里说：等着，就好了。月英一直推着张先生，嘴里一直说着"饭——，饭——"的话，一直说一直说，许是一直不见张先生的动静，月英饿得有点受不了了，坐在张先生的身边张开嘴大哭起来。

没有等到张先生的家里人，村里人在十天以后，把张先生埋在西坡上了。

过了几天，或者是过了许多许多天，一前一后两个女人来到了村子里。一个年龄大了些，脸有些苍白，头发基本全白了。是一个男孩子陪着来的。来了，也不跟人们说话，开始收拾张先生的东西。张先生的东西不多，就一床行李，和简单的一些做饭吃饭的家具。行李也就一条羊皮褥子，一条被子，还有一个荞麦皮枕头。被子和枕头都又黑又亮了，被子里边的棉花"疼"成一块一块的，好多地方薄得透亮了。女人的动作很慢，也不跟谁说话，做一会儿会停下来，想着什么的样子，又像是什么也不想，只就那么呆坐着。男孩子不知道该帮女人做点啥，就在一边站着，也不说话，一直默默地站着。看到箱子里的那包碱面，女人停了好长时间，似乎是想起了啥事情，女人的嘴动着，说着什么的样子。一滴两滴三滴四滴……泪水滴到白白的碱面上，留下一个一个的小坑。

另一个女人年轻了些，眉眼也周正了些。她的脸上有着淡淡的忧伤的神情。

两个女人在张先生的坟上碰面了。她们相互看见对方的时候，并没有显出多少惊讶的神情来。好像她们之间根本就不存在什么东西，又好像她们之间存在着什么东西，但却是她们心知肚明的很正常的东西。

年龄大一些的女人坐在坟的正前方。另一个女人站在远一点的地方。有一点儿风，她们的头发轻轻地飘着，太阳下，她们的影子也一晃一晃的。

"跪下吧。"坐着的女人对一直显得茫然的男孩说。

"给你爹磕个头。他也不容易，这么多年了一个人在外边。他又有病……"女人说着，看了看远处："别怨他了，其实是我不对，不该对他不好，让他这么多年了一直在外漂，临了，还没能睡在厂汉营的家那边。"

另一个女人一直在那儿站着，也不看那个女人和那个男孩。她只怔怔地看着那个坟，一直看一直看……

月英从远处跑过来。月英头发乱乱的，衣服乱乱的，又像一开始的样子了。月英跑过来，也不管不顾别人，爬在坟上，拍着坟说：饭——，饭——。拍着拍着，见坟没有反应，她"咿咿呀呀"地大哭起来。两个女人一个孩子，一下子从他们自己的事情里分出心的样子，都看着月英。月英哭着哭着，突然开始唱歌：

蜜蜂呀那个落在呀那窗眼眼那个上
想亲亲那个想在呀这心眼眼那个上
稻黍那个开花呀这顶顶那个上
操了心心那个操在呀这你身那个上

夕阳呀那个落在呀这山耕那个地
一桩桩那个心事呀想起那个你
蜜蜂呀那个落在呀那窗眼眼那个上
想亲亲那个想在呀这心眼眼那个上
一对对那个蝴蝶呀在绕天那个飞
不想那个别人呀单想那个你
不想那个别人呀单想
单想那个你
……

月英高低不齐乱乱的没有调的声音把空气都搅得乱乱的了。

站着的女人一直盯着月英看，一直看一直看。看着看着，她的眼睛睁大了，而且越睁越大。月英的歌还没有唱完，她已经泪流满面了。女人疯了一样扑上去，抱住月英大哭起来。

"孩子啊，你怎么在这里？你失踪这么多年，我以为再也见不到你了，你这么在这里？"女人摇着月英，一遍一遍地说。

"本来我就什么也没有了，我知道从一开始我就会什么也没有，但还有你，可是……可是突然有一天你也失踪了。这么多年了啊，这么多年了啊！"月英愣愣地看着这个女人，月英歌也不唱了，她不明白怎么一下子出来这样的一个人，还把她紧紧地抱着，跟她说一些她根本听不懂的话，在她这个疯子眼里，似乎另一个女人才是疯子。

月英根本不管眼前这个女人，她挣脱了这个女人，又爬在坟上，咧开大嘴哭起来。女人看着她，脸上竟然有了一点笑，还喃喃地说："哭吧，哭吧，你真该哭的，你哭的是你亲爹啊，你哭的是你风一样的亲爹啊！"

两个女人走了，还有那个男孩。

月英也走了，是那个年轻一点的女人领走的。村子里的人看着张先生的坟，村里的人相信一个人会慢慢地淡出人们的记忆，就像曾经刮过的一阵风。学生们会一茬一茬地长大，村子偏，尽管没有人愿意来，但总会有新的老师来，把学生们和校园里一点一点的时光送走。

是一个夜晚，好像是个晴朗的夜晚，又好像下着雨。人们在梦里，听到了一个女人"咿咿呀呀"的声音。先是在庙院子里，在戏台子上，接着那声音就朝着西坡的方向远了。第二天人们看见月英坐在张先生的坟前，呆呆地坐着；第三天还是……有人给月英的身边放了吃的，但她一直没动。

有一天月英不在了，破庙里没有，坟前没有，人们以为她到了什么地方，什么时候还会出现的。一个疯了这么多年的女孩子做出啥样的行动都是正常的。然而没有，月英再也没有在村子里出现过，有人说在一个沟里曾见过她的尸体，有人说在另一个地方见过她，她已经好了。

月英从这个村子里永远地消失了，像　个传奇故事，更像是一个谜。关于她的来历，关于她的身世没有人能说得清，人们只知道，她是一个在这个村子里出现过的女疯子。对于张先生，也是一样的。人们对张先生的了解，也仅限于他是一个带着内蒙古口音教书的人，而对于他的更多的事情，谁也说不上来。小村的太阳还会爬过小村的天空，小村的鸡们仍然会很优雅地左右摇着到庙前庙后的空地上，寻找食物、性交，或者把一泡屎"滋"到地上。

　　每年花开的季节，在张先生的坟上总会出现一些鲜花，有南瓜花，有串串红，也有山药花或者胡麻花，人们从没有见到是谁放的，但却能从那些艳艳的花上看出泪来。

走着去一个叫
电影院的地方

常　客

在县城府街那一块儿，常家饭店还算是有名的。一块简简单单的"常家饭店"招牌，几间平平常常的门面房，也没有过硬的与众不同的招牌菜，然而，县城里的人说起常家饭店，却还是响当当的。好多人都不太理解，像这样一个饭店怎么就有了名呢，其实常家饭店靠得也就是常客较多。像这样一个不起眼的小县城，也没有啥吸引人眼球的东西，经济也不算是很发达，外地来的人自然也不多，商业铺面啥的，也就靠的是本乡本土人。开饭店的老常头，也没有太高深的经营理念，也不是行班出身，他就认准了一个理，开个饭店能留住常客就行了。

每天早晨，饭店的门早早就开了，老常头将店里店外收拾得干干净净，将暖瓶里的水备齐了，就坐在门口等着。有从门前来来往往的人，老常头不时打着招呼。门口呢，还准备了自行车的气筒和雨伞啥的。来来往往的人车子没气了，也不用多说，过来拿了气筒，打了气就走；也有个雨雪天气啥的，有人顺手拎了门口的伞，完了送回来就行了。时间长了，气筒也有坏的时候，坏了，老常头就让儿子小常头带了钱出去买个新的。伞呢，也有用完了不往回送的，有的可能是忘了，有的可能就是爱占点小便宜，带走用了，也就不想往回送了。老常头也不生气，让人再去买了放上。这些事情一般都是由小常头去做，小常头做这些的时候，心里很是愤愤，他好多次都跟老常头发过牢骚："饭店就是给人吃饭的，何必给人们准备这些东西，简直就是白花钱呢。"老常头经常听小常头这么说，也就笑笑，但该怎么做还怎么做。

来常家饭店吃饭的大都是常客了。饭店周围的住户，有不想做饭的，就到常家饭店来吃饭；有的一时出不了门，让人捎个话，饭也就送上门了。离饭店远的常客也不少，比如住在鸳鸯巷的李二虎，比如住在齐家旮旯的杜四五。还有住在南门外城墙下的李侉子。他们来了，也就吃些很简单的饭，或者一碗面条，或者一个炒饼，或者只就喝一碗稀粥，啃一个馒头，但走了大老远的路，他们还是愿意来常家饭店吃饭。走进店来，在座上一坐，有人先就给倒上一杯茶水，客人也就像在家里坐着吃饭的感觉一样。老常头还常把他认为很得意的烟丝拿出来，让客人一起品尝一下。客人想喝酒呢，就打开一瓶，慢慢地喝，喝不了就把盖子一拧，放在饭店里，下一次来了，再喝。

来常家饭店的，还有好多是乡下村里来的人。乡下来的人也都是常客了，进县城买个锅碗瓢盆啥的，补个鞋做个皮袄啥的，到了中午就到常家饭店来吃饭。转了一上午进来先喝上一通茶水，再点饭，时不时和老常头拉拉村里的事情，拉拉老天爷，吃着喝着，也就把一顿饭交代了。临了，拍拍肚子，擦擦头上的汗，跟老常头打着招呼走出店去。钱没多花，感觉还很好。

常家饭店的饭也就是一些家常便饭，价格也不贵，有的人常来吃饭，一次结账，数不是太大，也就欠下了，等凑够多少多少了，就一次结清。

赵栓金也是常家饭店的常客了。赵栓金第一次来常家饭店的时候，是一个雨夜。天已经很迟了，外面又下着雨，饭店正忙着收拾桌椅，准备关门呢，赵栓金进来了。赵栓金点的是一盘猪头肉，一盘炒花生，另加一瓶二锅头。可能是有啥心事吧，赵栓金闷着头吃闷着头喝，也不管时间已经很迟了，到他吃喝得差不多了，抬起头来一看，墙上的钟显示已经是半夜一点钟了。吃完了，喝完了，站起来一抹嘴，见饭店只有老常头一个人在了。他把手插进兜里掏掏，拿出来，空的。就朝着老常头摊摊。老常头看着，笑笑，也不说啥，点点头，然后说：你走吧。赵栓金就看老常头一会儿，一扭身走了。窗外是漆黑的夜，赵栓金拉开门，就有一股浓浓的夜的味儿涌进店里来，在淡淡的灯光下，老常头想着什么，然后慢慢地把桌子上的东西收拾干净。

　　以后，赵栓金就常来常家饭店，来了，照例是一盘猪头肉，一盘炒花生，另加一瓶二锅头，吃着喝着，像头一回来的样子，也不多说话，只闷着头吃闷着头喝，吃完了喝完了，也仍然是站起来一抹嘴，把手插进兜里掏掏，拿出来，空的。老常头仍是笑笑，也不说啥，点点头，然后说：你走吧。这样子时间长了，店里的人就有点看不惯，大家见过吃白食的，没见过这样吃白食的。老常头就笑笑，说：看这人也不是贪小便宜的人，可能是他真的有啥困难吧。

　　可能是，赵栓金真的有啥困难吧，人世间的事情谁能说得清呢。就像常家饭店一样，谁能想到呢，常家饭店竟然会出了事。而且呢，还是比较缠手的事。

　　也还是一个很平常的日子，老常头收拾了桌子，把一天里该配得料都配了，就坐在门口抽着烟，等着客人。没有客人的时候，老常头一般就坐在门口，抽一口烟，喝着水，跟过来过去的行人打着招呼。都是老街坊了，谁还不认得谁呢。抽一口烟，喝口水，再跟人打一声招呼，老常头就看天，天有时候是蓝的，蓝得没有一点杂质，有时候又有云，阴沉沉的，会把小城的日子压得低低的。老常头看着天空，看着有一块云慢慢地走远，一低头就看见了一个人走过来。也是老常客了，是城东边的刘长水，一个光棍儿，平时也常来常家饭店吃饭、喝酒，也有没钱的时候，老常头就说欠着吧，又不是就不来了呢。老常头就打了声招呼："老刘早啊。"刘长水也回应着："常老板好啊。"说着，刘长水进了饭店，开始点饭，这一次刘长水出手很大方，刘长水点了他以前从来没有吃过的东西，以前刘长水来吃饭，也就点个尖椒土豆丝、炝炒白菜什么的，最多点个大葱木耳。这一次呢不仅点了东坡肘子，还点了飘香鱼。酒呢，也比以前喝的好出了许多倍。吃完了，喝完了，站起来把碗往地上一砸，晃晃悠悠地走了。弄得别的吃饭的人都瞪大了眼睛。老常头也没说啥，慢慢地收拾起来，就当他是喝醉了，耍了一次酒疯。之后呢，刘长水就天天来，来了，就点好酒点好菜，吃完喝完，又摔一个杯子，然后离开。这样好多天，就弄得常家饭店很不像样子，老常头就说：老刘啊，你看你这……你看我这……刘长水就从兜里掏出一大把票子往桌子上一放，说我花钱吃饭呢，我是花钱吃饭呢，又不是不给钱。倒是，刘长水每次都会在点菜的时候把饭钱结了，可是他砸来砸去的，就弄得常家饭店有些尴尬。

赵栓金还来。赵栓金来了，还是一盘猪头肉，一盘炒花生，另加一瓶二锅头。只是他在吃着的时候，就经常目不转睛地看着刘长水，看着看着，他的眼里就有了内容。这一天刘长水再进来的时候，赵栓金已经在饭店里了，刘长水坐下后，赵栓金就走过去坐在了刘长水的对面。赵栓金从随身带的包里一瓶一瓶地往外拎酒，赵栓金拎出来的是刘长水每天喝的好酒，拎着拎着，足有五瓶了，桌子放不下了，他才不往出拎了。拎完了酒，赵栓金就看着刘长水。看着刘长水，赵栓金就把一瓶酒放在刘长水的面前，自己的面前也放了一瓶。赵栓金说：我陪你喝。赵栓金说我陪你喝酒，但我今天换个喝

走着去一个叫
电影院的地方

法，你从上面喝，我从下面喝。谁输了就趴下给对方舔那个玩意儿。

刘长水也常见赵栓金，刘长水常见赵栓金话不多，也不像是个硬茬儿。刘长水就说：喝就喝。刘长水也还觉得自己还算是个人物。刘长水经常在街坊左右立个旗杆什么的，拍拍肚皮说我一个人吃饱了全家不饿，我会怕个谁。说的也是，谁会跟一个光棍儿较真呢，刘长水有的时候就很得意。刘长水说完了，就把面前的酒瓶抓起来，然后头一扬，把酒瓶立起来开始往嘴里倒，没几下，一瓶酒就空了。他把空瓶子放下，就看赵栓金。

赵栓金就让老常头关了店门，不让别的人进来。等老常头把门关了，他就开始脱裤子，赵栓金是用那个玩意儿喝。赵栓金脱完了，就把一瓶子酒倒在一个大碗里，用手拍一拍他那玩意儿，默默地说了句啥话，就把那玩意儿放进碗里，接着肚子一提，一碗酒"吱"的一声就没了。老常头和刘长水都看呆了，他们见过喝酒的人多了，却没有见过这样喝酒的。酒没了，赵栓金就又在一人面前放了一瓶。

两瓶酒下肚后，刘长水就感觉多了。可是赵栓金的那玩意儿还在喝，喝到五瓶的时候，赵栓金看着刘长水，赵栓金说：你行不行了？你行不行了？刘长水看着赵栓金，刘长水的眼睛里塞满了赵栓金黑黑的、长长的那玩意儿。刘长水真的是头重脚轻了。赵栓金就站起来，把那玩意儿一挺，直直地在那儿等着。赵栓金一直等着，赵栓金说：说好了的，你过来吧。你不想舔它就继续喝。刘长水脸红得猪肝子一样，刘长水看看赵栓金再看看赵栓金的那玩意儿，刘长水看看赵栓金的那玩意儿再看看赵栓金。刘长水说：我服了你了，我服了你了还不行吗？赵栓金就说：见过作害人的人，没见过你这样作害常家饭店的，按说常家饭店对你还是不错的。要不你今天趴下来舔它，要不你以后不再来作害常家饭店。

刘长水看看赵栓金越来越直越来越黑的那玩意儿，突然就哭了。刘长水说：我也是不想这样的，可是我花了东街王四灰的钱，王四灰的小舅子开个饭店总没人去，他是想让我把常家饭店弄背兴了，他想和他的小舅子占了常家饭店啊。王四灰你们是知道的，王四灰想做啥事总是要做成的，我不来这里作害了，他还会想出别的法子来的。

说完了话，刘长水晃晃悠悠地走到老常头的面前，突然就给老常头跪下了：我也是个人，我也是个人，我知道你老常头人好，我也是你这里的常客了，可是……我真是羞得再不能在这个地方待了。说完了，刘长水最后看了一眼站着的赵栓金，又看了一眼赵栓金直立着的那玩意儿，踉踉跄跄地走了。

第二天刘长水没有来。

第三天刘长水还是没有来。

……

从此以后，刘长水就在这个县城里消失了。

几天之后，听说王四灰的腿让人打断了。就是在一个夜晚，王四灰哼着歌回家，走着走着，就有人用什么把他的头蒙住了。蒙他的人也不说啥，拿了锤子就砸他的腿，几下就把他的一条腿砸断了。临走的时候，留下一句话：那条腿先给你留着……

也就是王四灰出了事后不久，赵栓金照例来到常家饭店，还是一盘猪头肉，一盘炒花生，另加一瓶二锅头，吃着喝着，他的眼里就有泪流出来。

赵栓金走了后，桌子上留下了一个包，老常头拎着包追出去，赵栓金已经消失在黑暗之中了。

老常头等着赵栓金再来的时候把包交给他，一天一天，赵栓金再也没有来过常家饭店。一天一天，好多天过去了，赵栓金一直没有再出现过。问人们，人们说这个人好久没有在小城出现过了。老常头打开赵栓金留下的包里，数数里边的钱，算一算，那钱的数不零不整，正好是他欠下店里的饭钱。

常家饭店还在开着，还是那些常客，还是那些住在周围的住户们，不想做饭了，就来常家饭店交代一顿；还是那些乡下进城买锅碗瓢盆的人，到了中午就到常家饭店来吃饭。转了一上午进来先喝上一茶通水，再点饭，时不时和老常头拉拉村里的事情，拉拉老天爷，吃着喝着，也就把一顿饭交代了。临了，拍拍肚子，擦擦头上的汗，跟老常头打着招呼走出店去。

没人的时候，老常头总会想起赵栓金，也会想起刘长水，想着想着，一天一天地好多天好多年也就过去了。

内当家

刘四爷也是常家老店的常客。

来了，先不吃饭，而是要一壶茶，坐着，静静地喝茶。

静静地看店里的人出出进进，静静地看店里的那只老猫蜷在店里那个能晒到阳光的柜子上，眯了眼睛晒太阳。

看着看着，刘四爷会一直瞪着那个柜子发呆。那是一个老柜子了，原来是黄色的油皮，经了岁月一点一点的侵蚀，许多地方都露出原来的底色了。每一次看那柜子，刘四爷的目光都含了什么内容。

别人以为刘四爷看到了啥稀奇的东西，也就顺了他的目光看。似乎猫就是那只猫，柜子就是那个柜子，而照到柜子上面的阳光，也就是那日日不变的阳光。但看着看着，刘四爷似乎会顺了他的目光，沉到一个什么别人无法看到的地方去。

每一次见到刘四爷来了，老常头照例是擦一个靠墙的桌子，准备一个茶杯，沏上一壶茶，招呼刘四爷坐了，就去忙别的客人了。到太阳光慢慢地移出了那个柜子，就过来对刘四爷说：您今天是爆炒肚丝，还是尖椒土豆丝？等刘四爷说了，老常头就喊一声"好嘞——"，忙着去准备了。

刘四爷的用餐是基本固定的，如果要了爆炒肚丝，老常头就会再给他准备一份生拍黄瓜，外带一碗米饭；如果要了尖椒土豆丝，老常头就再给他准备一小盘凉拌猪头肉，主食是两个馒头。

老常头也感觉刘四爷看那柜子的眼神有些不同寻常，但老常头从来不问。老常头知道，每个人的心里都是藏了什么东西的，且每个人心里的东西都是属于他自己的。就像一个坛子里的酒，时候不到是不会轻易倒出来的。

刘四爷家是城东大户，这城里大户很多，但说起刘四爷家，好多人还是要伸指头。这倒不是说刘四爷家有多大，但刘四爷家往前了说，做官的、做买卖的是出了不少的。有的人在外边好多年，或破败了，或销声匿迹了，但细数起来，仍然是很给这个家族撑面子的。刘四爷弟兄四个，有走了海外的，有到了别处的，但刘四爷是留下来了。本来在一个家里，留下的那一个，一般都是老大，但在刘四爷还没有成年的时候，家里的老大就随了一个什么部队走了。后来老二老三也相继走出去做生意或干别的什么去了。到刘四爷成人，也动过走出去的念头，但老人们的话却把他留下了，特别是他爹刘老爷子的一句话，让他一夜未眠之后，最后决定留了下来。他爹握着他的手说：孩子，刘家得有个立根的哩。

一门人家，在祖宗的地儿上，有一个立根的，也显见的这一族是有人的，每年到了上坟烧纸的时候，终是有人料理前辈们的事情。不说是像刘家这样的大户，就是那些绝户，到了自己要离开这个世界的时候，也难免会失落到不能自已。想到自己的失败，不是一辈子没有混出个风光，也不是没有找个老婆生个三男两女的，而是自己没有给本门堂中留下一个立根的。更重要的是，离开了家乡的人，无论混得多么风光，心总是离不开故土的，有一个人在，有一个家在，回来，总像是一片叶子归了根。

刘四爷是留下来了，刘四爷经常感觉自己是站在祖宅前、站在祖宗前的那个根。

刘四爷来常家老店，得穿过一条大街，小城不大，但从城东到城西也还是有点儿距离的。刘四爷不急，从家里出来，看看天，到离家不远的一个车马大店那边听听戏。车马大店人来人往，在临大店前的一个小院子里就有一班子戏子，整日里唱道情，唱耍孩儿，还唱二人台。车马大店来来往往的人都是行走在路上的人，离家在外的，时间长了，就寂寞，就总是想有个找乐子的地方，就操了袖子来看戏。看着笑着，顺势呢，摸摸哪一个女戏子的手，时间也就过去了。刘四爷从戏院子里出来，在街上看看有没有摆棋摊的，有呢，就蹲下来品品，支个一招两招，也不看完。觉得有趣呢，多看几眼；觉得没味呢，就拍拍裤子，笑一笑，或者叹上一长声，穿过了一条南北大街，径直走到常家老店来。

刘四爷是真的老了。

"老了！"刘四爷走进老店，忽然长长地叹了一声。

老常头正在发呆，却莫名其妙地听到刘四爷叹了这么一声。老常头不知道刘四爷为啥突然之间发出了这么一声长叹，但却从他的长叹里听出了许多东西。

"您还硬朗着哩！"老常头指了桌子让刘四爷坐了，一边忙着沏茶，一边忙着倒水，嘴里不住声地说着："不老，不老，像您这样的怎么能说是个老呢？"

把茶壶提到桌子边的时候，老常头看一眼刘四爷，他突然感觉刘四爷真是老了。不知道什么原因，他感觉到刘四爷真的是老了。

那时节还没有常家饭店。

那时节刘四爷还是一个毛头小伙子。

还是毛头小伙子的刘四爷在刘家这样还算殷实的家庭里，衣来伸手，饭来张口，活得还算自在。但刘老爷子就不同了。世风日变，人心不古，人世间一天一天的变化让刘老爷子忧心忡忡。更让他不能理解的是，刘家老大，也就是刘老爷子的大儿子，在该立门户的时候，却跟了一个什么部队走了，这让刘老爷子十分生气。刘老爷子的脑子里一直就有那样一句话，叫"好人不当兵，好铁不打钉"。你好好一个人不在家里谋些发展，怎么就去当兵油子去了？刘家老二呢，知道没法做通刘老爷子的工作，招呼也不打，悄没声息地就到内蒙古做生意去了，只是托人给家里写了一封信。两个儿子离开家了，离开了也就离开了，刘老爷子也真是拿他们没办法的。好在还有两个儿子，说啥也得拴住他们，在眼前有两个儿子绕着，也不显得家门冷清。到了刘家老三该成家的年龄，刘老爷子早早就给他定了亲，刘老爷子的意思，是想给老三成个家，把他拴住。刘家老三在外面的一个什么地方念书，刘老爷子选了一个日子，要给他成亲。家信早就捎了去，刘家老三也没说不同意。但到了日子，刘家老三却杳无音讯，把一家子人生生就晾在了那儿。

刘老爷子也算是个体面的人，在本乡本土也是说一不二的人。但跟人家女方定好了日子，人家女儿都眼巴巴地等着坐花轿了，你家新郎却还没有音讯，这不仅仅折的是人家的脸，还有人家的尊严哩。刘老爷子当下就气得病了，躺在床上直骂几个儿子不忠不孝不是东西。但骂归骂，事情还得解决。

刘老爷子躺在床上瞪着房顶长吁短叹了好一阵子，然后把刘四爷叫到面前，说：老四啊，看来爹的脸面全靠你了，这家也只有靠你了。刘四爷没听懂他爹的话。刘四爷觉得现在最需要解决的是三哥娶媳妇的事，娶亲的日子到了，三哥还不知道究竟在哪里，这真是让人费心的事情。听了刘老爷子的话，刘四爷稀里糊涂地点了点头。

那一天，定好的婚礼照常举办。

在热闹的锣鼓和爆竹声中，刘四爷极不情愿地跟那个原本是他嫂子的人入了洞房。

　　刘四爷确实从他自己的目光里，回到了一个什么地方。

　　刘四爷真切地听到了一声叹息，一声长长的叹息。

　　那声叹息似乎是刘老爷子发出来的，但又分明是从刘四爷的嘴里发出来的。

　　那是一个不眠之夜。刘四爷一夜无眠，刘老爷子也一夜无眠。当然，还有包括新娘子在内的许多人也是一夜无眠的。

　　新婚的第三天，刘四爷不见了。第二天没见刘四爷回来，第三天第四天第五天也不见刘四爷的踪迹。人们谁都不知道刘四爷去了哪里。刘老爷子本来就因为三儿子违背了他的意志而难过着，违心地想了这样一个不是办法的办法。现在刚刚成完亲的四儿子又莫名地失踪了，刘老爷子真是觉得背兴背到家了。家里人出去到处找刘四爷，该找的地方都找了，也没有见到刘四爷。刘老爷子一直不吃不喝，默默地躺在床上，他把他的一生都来来回回想了好多遍，他在想着他做了什么有违良心的事。他不知道他做的哪一件事让他遭了这样的报应。当刘老爷子实在不愿意再想下去的时候，他长长地叹了一口气。

　　同时，还有一个人也叹了一口气。

　　刘老爷子睁开了眼睛，刘老爷子不相信自己的眼睛，就使劲揉了揉。却见刘四爷站在门口，满脸都是泪水。

　　"爹啊——"

　　"老四啊——"

　　两个人的话就都有些哽咽了。过了好长时间，刘老爷子确信这是真的，拉了刘四爷的手，开口说话了："孩子啊，爹是知道爹委屈你了，可爹也是没有办法啊。你说爹除了这个办法还能有什么办

走着去一个叫电影院的地方

法？刘家得有一个立根的啊！"

"爹啊，我知道，我知道。我不怨爹，我不怨爹的。"

"爹也知道你喜欢另一个人。可喜欢是喜欢，你想想，你跟她合适吗，她一个外地流落来的单身女子，不说家里有啥背景吧，咱连她的家底都不知道呢。"

刘四爷不说话。刘四爷只流泪。

"你去看看她，多接济接济她。以后就不要再想着她了。"

"她不见了，我去找她，她不见了。"

"爹也是从年轻时候过来的，有些事到该结束的时候，就该结束。"

"可是我和她……"

"你和她未必就合适。"

"可是，可是我和她已经……"

"过去的事就让它过去吧。"

"可是她已经……；可是她已经……"

"你还是把那一页翻过去吧，为了这个家，也为了我这张脸……"

不知道常家老店是从什么时候在小城里开起来的。

刘四爷也不知道他是从哪一天走进常家老店的。他只记得当他看到那个掉了皮的老柜的时候，一下子呆了。他不相信还有那么一模一样的东西，他对那柜子印象太深太深了。

老常头过来跟他说话，问他要吃啥饭，告诉他本店里的拿手菜是爆炒肚丝和尖椒土豆丝。刘老头像没有听到一样，一直瞪着柜子看，嘴里还不停地自言自语着。老常头从来没有见到有哪一个顾客会对一个不起眼的老柜子这么感兴趣。

那以后，刘四爷就常来常家老店了。

刘四爷曾多次问起过老常头那个柜子的事，当然那时候老常头还不是老常头，他还是一个小伙子。刘四爷也是没有现在这么老的。

老常头就笑笑，也不多说，只说也就是他妈保存下来的一个普通柜子而已。

再问他妈，老常头再笑笑，也不多说话，只提了壶去加水，只把刘四爷一口气喝空了的水杯续得满满的。

刘四爷成了常家饭店的常客。刘四爷风雨无阻，总会在一个较为固定的时间，来到常家饭店。刘四爷每次都是固定的饭菜，刘四爷吃着饭，喝着酒，就一天一天地老了。常家饭店也成常家老店了，那个当年的小伙子也成小城人嘴里的老常头了。

而柜子，那个寻常的老柜子在刘四爷的心里仍然还是一个谜。

是有那么一天，刘四爷照例从家里出来，看看街上一个老者和一个二十几岁有男子在下棋。那是一局残棋，老者只剩两个卒子了，年轻人还有一马一兵，两个人搅来搅去，棋局一直僵持着。刘四爷懒得再看下去，每次观棋，他最怕看的就是残局，一到棋局到了残局阶段，他心里就会莫名地有什么东西搅得他难受，在那时候，他总会想到刘老爷子——他的父亲。

许是看了残局的缘故，刘四爷没有再绕到车马大店去看戏，而是直接就到常家老店了。

是来得早了些，店里没有什么人。刘四爷点了饭菜，就坐下来喝茶。阳光还算不错，淡淡地从窗户外边照进来，正好就照在那个柜子上。刘四爷喝一口茶，看一眼那柜子；刘四爷看一眼那柜子，再喝一口茶。说不上是什么原因，这一天刘四爷似乎感觉那个柜子与原来有些不一样了。究竟哪里不一样，一下子还真说不上来。刘四爷就站在柜子旁边，一遍一遍地抚摸着柜子，一遍一遍地从上到下认真地看着。

这时候，有一个声音从饭店里屋传出来。

走着去一个叫
电影院的地方

是一个很苍老的声音。刘四爷一下子被那声音电到了一般。

"小常子，客人喜欢，就把那个柜子送给客人吧。"

刘四爷瞪大了眼睛，看着老常头。看着比自己小了许多的老常头。

"我娘说，如果您喜欢，就把那个柜子送您了。"老常头说着，也认真地看着刘四爷。

刘四爷的眼前出现了许多许多年前的事情，他从一个旧货市场把一个还不算太旧的柜子送到那个空落落的什么也没有的小屋子里的情形。刘四爷一直恍恍惚惚的，他觉得那些事真实地发生过，又觉得好像是在梦里的样子。

"你娘？"

"嗯，我娘。"

"你娘她……"

"我娘说她好多年前就死了。"

"你娘说她好多年前就死了？"

"嗯，她就是这样说的。"

"她真是这么说的？"

"这么多年来，她一直是这样说的。"

再凝了神听，那个声音再也没有响起来。

之后，刘四爷就再也没有去过常家老店。人们走过那条街，猛然抬头，却见常家老店的牌子早已经不在了。

出　殡

村子怎么在突然之间就变老了呢？

路老了，房子老了，空气老了。村南头那几棵杨树都驼了背，变成老杨树了。村子西边的梁当然也老了，它身上驮久了的夕阳都长满了老年斑。

暗夜里一声弱弱的狗叫，田二堂都感觉是村子发出的咳嗽声，他真怕这一声咳嗽让村子喘不过气了，就在这个夜里突然之间永远地消失掉。

田得明肯定是老了。这个曾经很壮实的人，一直坐在村子南头的路口上，眯着眼睛。有时候也会抬起头来看看天，许是什么也没有看到的原因，就揉揉眼睛，长长地叹上一口气。也不知道叹什么气，随着这一声叹，身后的村子也就哆哆嗦嗦起来。身子下面的那块石头也让他坐老了。

田得明是想从村南的路口上看到人影子的，田得明的眼空空的，好久没有看到人影子了。看不到人影子，田得明心里也就空空的。

田得明肯定是在等人，可是等了好久了，村南头还是没有出现他要等的人的影子。这等待让田得明一直支撑着，很像是一棵枯干的枝，一直等待着挂在它枝头上的一个花骨朵儿，它在秋天的风里等待了好久了，也就是等着那个花骨朵儿开出花来。这个比喻尽管不太形象，但田得明真的是把村口的风也等老了。

"伯，回吧。"田二堂说。田二堂知道这个自己叫伯的人，是真的老了。田二堂也知道田得明是在等啥。但当天一点一点暗下来的时候，该回还是得回的。

田得明没说话，只摇了摇头。田得明每天都感觉会等到啥，许是一个人影，许是一群人影，但每天等到的都是一点一点披下来的沉沉的夜色。

村子里的青壮年都出去了，是朝着南方走的。先是男人们。男人们走的时候，脚步沉沉的，村前看看，村后看看，临了要走了，还要在村口徘徊好长时间。但远处的什么最终还是让他们挪动了步子。男人们走了后，还有女人们待在村子里，守着房子，守着老人孩子，守着一群鸡或者一头猪。慢慢地，女人们也走了。一群鸡或者一头猪早就卖了，房子还在，老人还在，孩子们还在。突然某一天，男人和女人一起回来，把孩子们也领走了。这一次是走得决绝了些。于是，只有老人们守着村里的老房子了。

田二堂也想过要出去，但围着村子转了一圈，从村子后边看着一家一户冒出来的衰老的炊烟，田二堂咬了咬牙，没有离开。田二堂成了剩在村子里的唯一一棵还算健壮的树了。

"伯，回吧。"田二堂又说。

田得明还是没说话，默默地坐成一块石头。

"回吧。他们在外边也不容易哩，要吃要穿要租房子住，村子里的人到了城里都不容易哩，那里终归不是自己的家。再说，回一趟家路费也得花不少，一来一去，许就把好长时间挣下的血汗钱花在路上了。"

"唉——"田得明叹了一口气，那叹声让夜都变得重重的了："伯也知道是难哩，可外边难为啥还要出去？待家里不是好好的？"

"话是这么说，可待在村里也难哩，就那几亩地，一年下来都打不了几个钱，连孩子娶个媳妇都难哩，就甭说供孩子们念书了。"

"祖祖辈辈许许多多年不是也过来了？"

"现在跟过去不一样了，人跟人要求不一样了，想法也不一样了，伯。"

田得明不再说话，他感觉有啥一直就堵在心口上。

"我知道伯的心思哩。你是怕万一哪天……"田二堂说着话，看看田得明，想想，还是把后面的话说了出来："伯是怕你不在的时候没人披麻戴孝哩，伯是怕没人给你打瓦盆哩，伯是怕没人给你抬寿材哩。这不是有我哩？有我哩你怕啥？"

田得明的眼睛就湿湿的，他混浊的老眼好久没有这样子了。他看了一眼田二堂，最后又朝村口望了一眼。其实能望到什么呢，村口的那条弯弯曲曲的路早就隐没在夜色中了。

田得明那一刻莫名其妙地想起了他的爹和爷爷来。

就是在某一天，村南的路口，没有田得明的影子了。田得明死了。

田得明没有等到他希望从村子南边的路口回来的影子，他独自枯萎在逐渐老去的村子的老屋子里。

田得明的儿子在电话里对田二堂说："哥，兄弟回不去了，你替兄弟做一下儿子吧，兄弟这一辈子都记着你的好。"

田二堂说："伯的魂还在村南的路口坐着哩。"

电话里带着哭腔说："我知道哩，哥，我知道哩。可是兄弟……哥，你替兄弟办了事吧，兄弟一定加倍地偿还你。"

"这是啥话？伯也是我的长辈哩。"

然后是一阵沉默，长长的电话线没能把村子和远处的那个叫作

"城市"的地方连接起来。

村子里意外地热闹了几天，是破了嗓子一样的唢呐声。

唢呐声幽幽咽咽，像是要把村子往日的热闹唤回一点点来；唢呐声一挺一挺，似是在撕扯着村子的天空，慢慢地慢慢地，村子的天空碎成一片一片的破布条子了。

在村子南边的路口上，唢呐声响了好长时间。唢呐声把一个老人的心吼出来了，把一群老人的心都吼出来了。但村子南边的路上，仍然是空空的。一只乌鸦许是受不了了，一低头，从一棵老杨树上栽下来，扑腾一下翅膀，再也不动了。

田二堂披着麻戴着孝，田二堂许是村子里最年轻的人了，但他的头发梢也开始发白。田二堂没有离开这个衰老的村庄，不是不想离开。他的那个人已经提前一步到了村子的西坡坡上了。他总感觉西坡坡上有一双眼睛在看着他，让他不忍离开。他也感觉小村的什么东西像手一样把他的衣襟拽得紧紧的。

田二堂的身后跟着一群比田二堂都大的人们，他们也披着麻戴着孝。他们都已经很老了，有的跟田得明年龄差不多，有的相对小一点，但大多都是六七十岁的老人了。他们跟田得明没有啥关系，只是住在一个村子的人。

这些人是在为比他们先走的田得明披着麻戴着孝，也是为正在老去的自己提前把孝戴了。

大红的棺停在村子当中的空地上。

长长的幡被风一吹，沙沙地响着，很像是一个人——一个老人呜呜咽咽的声音。田得明站在棺材前，看了看棺材，看了看飘着的长幡，朝棺材长长地跪下去，磕了三个响头。后面的人们都跟着弯下腰去。嗑完了头，田二堂弯下身子去抬棺材，他使足了劲，棺材纹丝不动。田二堂长呼出一口气，又长长地吸回来，把气憋足了，又抬，棺材还是没有动。

田二堂又朝着棺材跪下了："伯啊，你安安心心地走吧。也别怨谁，他们也不易啊！"

一群老人，一直看着，他们混浊的眼里都有了泪。突然之间，他们也朝着棺材跪下了。

一个人说："得明哥，走吧。你不走怎能行哩？"

另一个人说："走吧，老哥，咱儿子不在，二堂是咱儿子哩。走吧，有二堂给你披麻戴孝哩。你走的时候，还有二堂哩，我们走的时候，谁知道是啥样子哩……"

"走吧，老哥，我们一起送你哩。"一群老人一齐说。

一声起棺的长号，朝了天撕心裂肺地响了，村子的空气突然就凝固了。

田二堂站起来，站在棺材的前边，又一弯腰，一使劲，一边的棺材被他抬了起来。后边的人一用力，棺材的另一头也抬起来了。

唢呐声响着，棺材朝前走着。

后边，一群头发花白的老人们，他们不是陪着棺材在走，他们是陪着田得明在走，他们是在陪着自己在走。

西坡并不远，那是整个村子的祖先们待的地方。从古至今，村子里的人最后都到了那里，那里是好多辈子的村里人心里的最后归宿。

可是以后呢，以后的以后呢……走着想着，田二堂眼里的泪决了堤一样流下来，止也止不住，止也止不住。

不知道他是为祖先，为村子，为离开村子无奈地行走在异乡街头的那些还算年轻的人们？还是为也在逐渐老去的自己……

杨花在秋天消失

我们村的周围，长满了杨树。夏天里杨花一飘，满眼都是。

杨花站在杨花里，杨花一飘，杨花就晕晕的，感觉这个世界在一下一下地变成一个——梦。

杨花是我们村的一个女人，他是我们村某个男人的女人。

杨花嫁到我们村的时候，我们村周围的那些小老杨们就有些儿老了。这么多年过去了，那些小老杨们还是原来的样子，杨花都不知道究竟该叫它们叔叔还是老大爷。

我们村的某个男人，也就是杨花的男人，一直就站在杨树旁边。家里墙上挂着的那些正在变色的照片里，他总是偎在杨树旁边。他和杨花的照片，也是站在杨树旁边的。

杨花说，我感觉周围都是杨树。杨花是想照一张没有杨树的照片的，比如在一个公园里，或者在一条河边也行。

没有人听杨花说，也或者是，杨花根本就没说。杨花本来就知道，她说出来也没有人会听到。所以她只在心里说。

杨花很少去一个叫飞云的镇子，当然也很少去县城。村子里的人常去飞云，飞云经常会唱戏或者过集，唱戏或者过集的时候会很热闹，人们都是去看别人热闹，也让自己热闹热闹的。也有的人会去县城，县城是个大世界，人们去了就会看到上一次没有看到的新东西，就会唏嘘一阵，然后买一点东西回来。

我们村的某一个男人，也就是杨花的男人总说，那些都是别人的，我们只属于这里。他说这话的时候，周围的杨树晃着身子，不像是点头，更像是拍手。杨花听着，感觉自己就一下一下地被这声音淹没。

杨花很少走出村子。

好像是她自己觉得，她离得那些杨树远了，就消失了。好像是别人觉得，她只能站在杨树围着的村子里边，离杨树远了点就真的消失了。

可是，可是杨花总想把目光投到远远的地方去。她不知道在远离杨花的地方，是不是梦也会不一样。可是，可是杨花的目光一次一次被弯曲着的老杨树们弹了回来。

有好几次，她感觉到了痛。

夏天里，杨花总是在飘，满眼满眼地飘。杨花伸出手来捉住一片，就会有另一片又飘过来。隔壁的女人说杨花你做啥哩做啥哩，杨花不知道该告诉隔壁的女人自己是在做啥哩。隔壁的女人是从外边回来的，隔壁的女人的身上有一股变变的味道，杨花都说不上来那是啥味道，但杨花知道了，那味道跟村子的味道不一样。

杨花睁着眼睛，在村子的某一个黑夜里想了好长时间。杨花一想到从外边回来的隔壁女人身上变变的味道，就会有一片杨树的影子在窗户上飘过。杨树的影子总会从窗户上飘过，杨花都差点把那影子当成村子的影子了。

我们村的某个男人在耕作了村子周围那些瘦弱的土地之后，在耕作了杨花还在肥沃着的土地之后，用一长串鼾声把黑夜挤满了。

他不知道，这样的长长的夜里，杨花的眼睛一直睁着，直到天亮。

进入秋天杨花不再飘了，杨花飘进很远很远的梦了。在那些杨树的枝上，挂了些儿瘦瘦的叶子。

杨花在屋子里站了一会儿，从镜子里杨花看了看自己的脸，杨花很少在镜子里看自己的脸。杨花看着镜子里的自己，感觉是第一次认识的样子。

杨花在某一棵杨树下站了一会儿，或者是在每一棵杨树的下面都站了一会儿，然后闭上了眼睛。杨花的眼睛闭了好长一会儿，好长一会儿。

我们村的某个男人，也就是杨花的男人，爬在秋天的垄沟里，抬起头来展了展腰，他看到一片云正从天上飘过，看着那片云飘远，他的心里就空空的。他扔下了锄头，扔下了那顶没有了檐儿的旧草帽，一直朝家里跑，一直跑一直跑……他的鞋都留在村庄秋天的垄沟里了。

确实是，杨花不见了。

跟以前的某一个日子都一样，跟以前的所有日子都一样，杨花说是要回家做饭了，她就拍了拍身上的土，走出某一条垄沟，走出从垄沟通向村子的某一条路，一直消失在村庄深处。

可是，杨花不见了。

炕上的饭还没有太凉，碗筷都摆好了。还放了一个瓶子，是半瓶二锅头或者老白干。还放了一个杯子，是个老瓷杯了，边边儿上都豁上口儿了。可是杨花不在，好像是活儿都做完了，只出去上个厕所；或者是，把沾着水的手在襟上擦擦，出去歇口儿气，瞭瞭天……

我们村的某个男人，站在院子里。我们村的某个男人，也就是杨花的男人，朝远处看，他看到前边的某一棵杨树的叶子开始黄了，或者是，所有的杨树的叶子都开始黄了。

我们村的某个男人，也就是杨花的男人一直看一直看，他没有看见杨花从厕所里出来，也没有看见杨花站在院子里的某个地方瞭天。

有人说，杨花是不是飘进了村子前边的那个水库里，似乎是她在某一天在那儿站了好长时间。可是村里人捞了一个白天和两个晚上也没有捞上什么来。有人说，许是走出去做啥走丢了。就到那个叫飞云的镇上报了案，可是好长时间了也没有音讯。

村子里的某一棵树，或者所有的树上的叶子都黄了，可是还没有杨花的音讯……像是夏天里所有的消失的杨花，杨花在村子的某一个秋天消失了。

若干年后，或者只是短短的一年或者两年，站在某一棵杨树旁边也变成一棵老杨树的我们村的某个男人，也就是杨花的男人，收到了一封信，他抖抖索索地拆开了看，是一封离婚协议……

牙　祭

天上的半月越看越像个烧鸡腿儿。

刘二狗看着半月，口水就流出来了。好长时间没有吃肉了，刘二狗看啥都能想到肉上。看着那肥肥的烧鸡腿儿，刘二狗感觉那一缕一缕的月光都是正在往下流着的肥鸡油。

"多好吃的烧鸡腿儿！"刘二狗说着，舔了舔嘴唇。

刘二狗这么一说，赵四也感觉到了。赵四本来想着别的事情，前一段田家村的本家舅舅给他介绍过一个媳妇，面也见了，饭也吃了，结果舅舅捎来话，说那女的不愿意了，嫌家穷，看看院子的墙还是土皮墙，就知道这家肯定穷着哩。那顿饭赵四就专门从镇上买了一只烧鸡呢。

赵四这时候也想起鸡腿的味道了，看着刘二狗陶醉的样子，他的嘴里也要有东西流出来了。只是看看刘二狗那样子，赵四觉得太不像样子了，就咽了咽口水，没有让它流出来。

"想不想吃鸡肉？"刘二狗问赵四。

屁话！赵四在心里说：狗才不想吃哩。这样一想，赵四"扑哧"

一下笑了，"狗"不想吃鸡肉那才怪呢，眼前这只"狗"想吃鸡肉都想到月亮上了。

"想吃？"见赵四不说话，只笑，刘二狗拿头指了指了半月，得意地看着赵四。

"你有办法？"刘二狗一有这样的举动，赵四就知道刘二狗有想法了。

"没有。"刘二狗见撩起了赵四的欲望，倒不急了，只软软地说。

"你个狗东西！"赵四见上了刘二狗的当，在刘二狗的屁股上踹了一脚。刘二狗一躲，赵四差一点摔倒。

"真的想吃？"刘二狗来劲了，眨着眼睛又问。

"少卖寡，有屁快点放啊。"赵四知道刘二狗真的有想法了。

"你说李寡妇家的鸡肥不肥？"刘二狗说。

"那合适吗？孤儿寡母的，还有李栓柱他妈……"赵四说。李栓柱和赵四年龄差不多，娶过媳妇生了孩子不到一年，就死了，留下媳妇、孩子和他七十多岁的老妈。村里人都说，这个李栓柱，是个享不了福的命，爹死得早，老天开眼让他娶了一个挺好的媳妇，却早早就死了。真是的。

"嘿，啥孤呀寡的，不就吃只鸡吗？"刘二狗说。

"算了吧。"赵四说完，准备往家里走。

刘二狗一把拉住了赵四："你这人，关键时候怎么这么尿！"

"我尿吗？"赵四的劲上来了，赵四最怕别人说自己尿，特别是刘二狗。赵四从来就没把刘二狗当回事，刘二狗却说他尿，一股子什么东西就从胸口上往上顶。"走……"赵四瞪着刘二狗："谁尿谁他妈是狗——"

鸡肉煮熟的时候，半月已西斜。刘二狗和赵四一人一只鸡腿。刘二狗啃鸡腿的时候，眼睛斜着看那半月，刘二狗感觉自己正在一下一下地啃那半个月亮，肥肥的鸡油从他的嘴里流出来，又从他的下巴上一滴一滴地滴到腿上。赵四也拿起那条鸡腿，当他把鸡腿挨近嘴边的时候，脑子里出现了李栓柱的影子。李栓柱在的时候常跟他们在一起，那时候李栓柱的妈还硬朗，只要他们几个在一起，栓柱妈就会招呼他们一起吃饭。李栓柱一死，老人许是受了刺激，脑子不灵便了，连身体也一天不如一天。村子里年龄差不多的人只有他们三个，现在李栓柱走了，就剩下他们两个了。想想李栓柱的媳妇拉着孩子、管着老人，赵四的心"咯噔"了一下。

赵四拿着鸡腿，抬起头来，看见李栓柱睁了一只眼睛在瞪着他，那是天上的那半个月亮。

赵四放下了鸡腿，瞪着刘二狗。赵四对刘二狗说："掏……"

"掏啥？"刘二狗正啃得香呢，听赵四一说，不情愿地停下了。

"掏钱。"赵四说。

"掏钱做啥？"

"叫你掏就掏。"赵四的口气很坚决。

刘二狗右手还拿着鸡腿，左手朝右边的兜里伸进去，摸索了好长时间，摸出几张钱来，大多是一元的，看起来也就六七元的样子。

"再掏。"

刘二狗就把鸡腿换到左手，右手又伸到左边的兜里掏。掏出了皱巴巴的一个二十元，还有一个五元。

赵四也掏，他掏出了一个一百元，再掏，又掏出一个五十元。然后把钱放在一起。

刘二狗有点委屈，嘴里嘟囔着，说这鸡吃得比到城里买都贵。见赵四开始放开了劲啃，想想，也就放开了劲啃。在茫茫的夜色之中，远远近近都很安静，只听见赵四和刘二狗两个人啃骨头嚼肉的声音，那声音腻腻的，让淡淡的月色也变得腻腻的了。

天上的半月，不知道什么时候，也不知道让谁给啃没了。

笋 扣

笋扣一直是爹心里的宝贝疙瘩。

爹说：扣子，跟大回家吃饭去。

笋扣说：吃啥饭？

爹说：莜面窝窝狗娃儿饭。

笋扣说：我不吃莜面窝窝狗娃儿饭。

爹说：莜面窝窝饭好吃，一吃吃成个大后生。

笋扣不听爹的话，撒开了脚丫子就朝一棵大树跑。笋扣跑得快，爹还没回过神来，笋扣就到了树下。笋扣脱了鞋噌噌噌噌地就爬到了树上，笋扣一直往树梢梢上爬，树梢梢很细很细了他还爬。

爹就害怕了，爹就站在树下求笋扣，爹说：扣子，扣子，你下来，你快下来，你吓死大了，你要吓死你大了。

笋扣说：我不下，我就不下。

爹说：你不下怎能呢，你快给大下来。

笋扣说：吃莜面窝窝我就不下去，吃莜面窝窝我就不下去。笋扣说着话又朝前爬了一截，树梢梢更细了，在笋扣爬的时候树梢梢晃着往下弯。

爹头上的汗就出来了。爹差一点就给笋扣跪下了。

爹说：扣子，你给大下来吧，不吃莜面窝窝就不吃吧。你快给大下来吧。

爹的腿都软了，爹全身都在抖着。

笋扣终于下来了，下来后笋扣得意地笑着，他让爹当一匹马在前面走着，他在后面用一根树枝赶着，边走边喊着：得——驾——驭——；得——驭——。爹则学着马的动作让笋扣赶着走着。笋扣说：叫唤一声。爹就学着马的声音，"咴咴咴咴"地叫唤。

笋扣很得意，笋扣那一刻成了一个很牛气的赶车人。

可是爹死了。爹在一个夏天的早晨看了笋扣最后一眼就死了，爹死的时候眼睛还睁着。爹是放心不下笋扣呀，爹临死的时候都在想：这个灰孩子可怎么办呀……

笋扣是爹四十几岁得的子，娘先后生过几个孩子，可是都是活不了几天就死了。四十几岁的时候，娘生下了笋扣，爹就当笋扣是个宝，爹怕笋扣还活不了，一生下来就用笋筐扣住了，他是怕"曹奶奶"再把孩子抱走。"曹奶奶"是那个专管孩子性命的神，孩子不到十二岁的时候都记在"曹奶奶"的生死簿里。爹最怕的就是"曹奶奶"。用笋筐扣着的笋扣就活了下来，爹给笋扣起了"笋扣"这个名字。

爹死了，娘带着笋扣没法活，就又嫁了。娘是个善良的人，娘走在路上都怕踩死蚂蚁，娘软得护不了自己，也护不了笋扣。娘叫笋扣回家吃饭，笋扣问：啥饭？娘说玉垓面窝窝。笋扣就朝着一棵树走，走到树边笋扣就一下一下地往树上爬，爬着爬着笋扣不爬了。他看到了从远处走过来的后爹。后爹说：你爬吧，你爬吧，怎么不爬了？笋扣就愣在那儿了，他突然之间就想哭。

回去的路上，他在心里一遍一遍地对他死去的爹说：大，大呀，我想吃莜面窝窝呀，大。

笋扣是顺着那条小路走了一夜的路走回村子的。半夜的时候，笋扣爬起来，他看了看娘，娘睡着，娘的眼中有泪，他知道娘是为自己的事又和后爹生气了。娘生气的时候没别的办法，只会流泪。娘流泪的时候后爹就说还没到过年的时候哩洗啥灯盏盏哩。后爹半辈子没有娶上老婆，可娘嫁过来以后，他还是很嫌娘，他经常有来由没来由地就欺负娘。有时候娘给笋扣做了点好吃的饭，后爹的气就特别大，恨不得把娘骂死。

笋扣起来后见娘和后爹都睡得挺死，他就出了院子，他在院子里站了一会儿，找了一个烂酒瓶子，往里边尿了一泡尿，倒在了后爹的被子上。他还在后爹的头前抹了一堆屎，没等后爹醒来他就走了。

十岁的笋扣在一个黑夜里走了很远很远的路回到了原来的村子，和奶奶住在了一起。

奶奶是大爹二爹养着的。笋扣回来就添了一张嘴，大爹和二爹就不满意，大爹说笋扣你回来吃啥呢？二爹说笋扣你爹也不在了妈也不在了你回来做啥呢？大爹二爹是不想让笋扣这张嘴吃他们的饭。

笋扣就在村子里放羊了。放羊叫"吃羊户"，就是每天由村子西边到村子东边挨着在养羊的人家吃饭。每天早晨，天不亮笋扣就起来了。奶奶说：娃，起吧。笋扣还在做着梦，他时常会梦到爹。他正梦着爹的时候，奶奶就叫他了，他睁开眼睛，爹根本就不在，只是奶奶用浑黄的眼睛看着他。奶奶说：娃，起吧，天快亮了。笋扣就揉揉眼睛，硬着头皮往起爬。他真想再回到梦里去，他真想在梦里永远不出来，那样他就一直能看见爹了。

大爹二爹家的孩子还在上学，他们都比笋扣大。他们见了笋扣穿着烂皮袄，提着羊鞭子赶羊，就跟在笋扣的后面喊：笋扣笋扣，小羊倌；笋扣笋扣，小羊倌。笋扣啥也不说，笋扣一说话他们一群人就会围上来，抱腿的抱腿，揪胳膊的揪胳膊，摁头的摁头，把笋扣摔倒在地上。然后脱他的裤子，脱了裤子把裤带抽出来扔得老远老远。等笋扣从地上爬起来，他们站在远远的地方，一边拍着手一边笑着，嘴里喊着：爹死啦，妈嫁啦，留下个孩子火化啦；爹死啦，妈嫁啦，留下个孩子火化啦……笋扣提着裤子到处找他的裤带，经常是笋扣提裤子的时候，他手里的鞭子掉了，他弯腰捡鞭子的时候，裤子又掉了下去。他就干脆裤子也不提了，鞭子也不捡了，从地上捡起一块石头朝远处的孩子们使劲扔。

滚你妈的……流你妈的……笋扣边扔石头边喊着，他的脸上有两股湿湿的东西流下来，不知道是从鼻子里流出来的鼻涕，还是从眼睛里流出来的泪。

笋扣早早地就开始"吃羊户"挣工分养活自己了，走在一群羊的后面，笋扣感觉自己是个大人了，他学着老羊倌的样子喊着羊们，他会不时地抡起鞭子亮亮地摔出声音。但每次走到他曾爬上去吓唬爹的那棵树前，他就觉得自己又是个孩子了，站在树前，他会听到身后沙沙沙沙的声音，他感觉爹就在他的后面，正在朝着他走过来。他就又想着往树上爬，可是等他回过头来，身后却啥也没有，只有树叶或者烂纸片在大的或者小的风里胡乱地飘来飘去。

笋扣总会赶着羊们到村子的西面去，村子的西面是一条沟，一年四季有水流着，在水边是绿绿的草地。笋扣就把羊赶到草地上去吃草。在沟的北面，是一块坡地，坡地上大大小小地建着许多坟。笋扣经常在一处方方的像房子一样的坟前坐着，那是爹的坟。爹没有入老坟，爹是早死，大爹二爹比爹大，他们还在，爹就不能先入老坟。爹死了后，就在这儿选了一个地方，用土坯子砌了一个方方的房子，把爹的棺材放在里面。等大爹二爹死后入了坟，再把爹起出来入了老坟。爹是一个人孤单单地躺在这里的，爹周围还有坟地，每一个坟地都有好几个坟堆，只有爹的小房子孤单单地待着。

笋扣坐在爹的小房子旁边。

笋扣说：大，你哨（孤单）不哨？

笋扣说：大，你一个人在这里也没个人说话，你哨不哨啊？

笋扣说：大，你要是哨的话就跟我回家吧。

笋扣说：大，咱们回了家，我保证不灰了。我挣下工分给你买好吃的。

笋扣说：大，你的房子里黑不黑？

笋扣说：大，你出来吧，你要是腿疼出不来，我就进去。

笋扣说：大，我没本事遮护不了我妈，那个老家伙经常欺负我妈，我真恨不得把屎抹在他的脸上。

笋扣说：大，你一句话也不说，光听我说了。

笋扣说：大，大爹家的大宝和二宝二爹家的三宝四宝总欺负我大爹二爹是不是你的亲哥哥呀他们怎的就总欺负我？

......

羊们吃着草，笋扣和爹说着话。太阳就贴着西山头了。

笋扣站起来，拍拍身上的土，说：大，我回了，不知道你黑夜怕不怕。你要是怕就跟我回吧，回去我再和你说话。

大我回啦。笋扣说着话，往沟下走，边走边回头看着爹的小房子，爹的小房子就越来越模糊越来越模糊，最后慢慢地慢慢地消失在黑暗中。

妈回来看过笋扣一次，妈摸着笋扣的头，妈不知道该说啥，妈就默默地流着泪。妈走的时候，从兜里掏出一个糖蛋子往笋扣的手里塞，包糖蛋子的纸都黑黑的了，一看就是妈留了好长时间的。妈是悄悄地从家里出来的。妈是小脚，妈捣着小脚走回来看笋扣，妈走了整整一天。

回去后，妈就病了。妈躺在炕上，清醒一会儿糊涂一会儿，嘴里不时叫着笋扣儿。妈离开的时候，想吃橘子罐头，妈说：我想吃个橘子罐头。后爹理也不理，后爹说：你看你长得要多丑有多丑，还想吃橘子罐头，你没长上吃橘子罐头的脸。

妈到死也没吃上橘子罐头。

笋扣听到这消息，是好几个月以后的事了。笋扣回来放羊后第一次走进大爹的家。笋扣是去和大爹借钱的。

你要钱做啥？你不是每天在别人家吃饭吗？大爹说。

年底结了工钱我一定还您。笋扣说。

你借钱干啥？

笋扣不说话。

笋扣最终也没说他借钱干啥。他只是对大爹保证说他到年底拿一年的工钱还借他的钱。

笋扣早晨早早地去城里买了一布包橘子罐头，在娘的坟前，他把打开了盖儿的罐头整整齐齐地排开，让娘吃，他自己则坐在娘的坟前一动不动。笋扣说：妈，你吃吧。妈你想吃橘子罐头就吃吧。坟上的草忽啦忽啦地响着，笋扣觉得那是妈吃罐头的声音。笋扣感觉妈吃得很香很香。

妈呀——听着那声音，笋扣忍不住就哭出了声。

从娘的坟上往回走的时候，正是冬天。冬天的风吹起了笋扣身上的烂羊皮袄，笋扣摸了摸脸上冷冷的冰冰的泪痕，然后一扭头走上了那条长长的路。

那一刻，十三岁的未成年人笋扣走出了一个成年人的沧桑。

生硬的狗肉

海东站在墙外朝院子里喊："春莲，吃肉去。"声音不大，却很真。

春莲正坐在炕上想心事。春莲的面前是一堆乱麻，她闲了就坐在屋子里的炕上绕麻绳，最后用麻绳纳成鞋垫。儿子顺发的鞋垫够他二十岁以前用了，厚厚的一摞子由大到小放在柜子里，还用红布包了起来，顺发一见了就说："妈，别纳了。"春莲看看儿子，笑笑，也不说话，还是一针一线地纳。顺发就又说："叫你别纳就别纳了，都啥年代了，谁还穿那个。"春莲听了顺发的话有些惊奇，顺发才刚刚十岁，这话说的简直就是大人话。

春莲也给母亲纳，母亲是上了年纪的人了，喜欢穿春莲做的鞋垫，可她去年走了。入殓的时候，鞋里垫的就是春莲纳的鞋垫。

还有一双鞋垫，春莲是给一个男人做的，但一直也没有给，到底啥时候给，春莲自己也不知道。

春莲想着什么的时候，就听到了海东的声音。

天暗下来了，冬日天短，春莲看了看墙上的挂钟，才五点多一些。她知道她不出去，海东就会一直喊下去。出来的时候，春莲没有忘了理一理额头上披下来的头发。

"春莲，吃肉去，学校的狗杀了。"海东说。

"啊？真的吗？"春莲分明听到了海东的话，但她还是很不相信地问了一声。

"学校的狗杀了，炖了一大锅肉，过来吃吧。"海东的话音里已经有了狗肉的味道。

春莲的身子抖了一下，那一刻她突然觉得有些冷，便和海东说："我回去再加点衣服吧。"

"快点过来，迟了肉就吃完了。"海东说完，急急地走了。

春莲回到屋子，在地上站了一会儿，就披了一件衣服出了门。

春莲的家紧挨着学校，翻过院墙就是学校的院子。平时春莲爱站在自家的院子里看学校院子里的孩子们追追打打，还爱听他们唱歌，听的有谁走调了或唱错了词她就远远地纠正。

学校是十年前建的，刚开始春莲也是老师，是代课老师。另外还有两个代课老师，一个是海东，另一个是胡日军。不久以后，春莲就不教书了，春莲嫁给了家紧挨着学校常常站在墙后面看春莲上课的德顺。人们不明白春莲为啥在突然间就不教书了，连海东也不知道。大家多少从德顺是村长的儿子这一点推断出了星星点点原因。

春莲进了学校食堂的时候，大家都已经开始吃肉了，人很多，有海东、胡日军和两个较小一点的老师，见春莲进来，大家都抬起了头。

海东说："吃吧，春莲。"

"吃吧。"其他几个人也附和着说。大家啃得很专心，肉多少还有些生，所以大家啃肉的动作很难看。

胡口军见春莲进来，稍稍地停了一下，就又开始使劲地啃。

春莲站在当地看了大家一圈，就走到胡日军的面前，看着胡日军。胡日军啃一口，春莲就点一下头；胡日军再啃一口，春莲再点一下头。胡日军被春莲看得有点不好意思，就抬起头说："春莲，你也啃。"春莲还是定定地看着胡日军，胡日军用攥着骨头的油手摸了一下脸，脸上马上沾满了油腻。

"狗……杀了？"春莲说。

"杀了。"胡日军说。胡日军的嘴里还有肉堵着，所以声音就浊浊的。

"狗是该杀了，它老了嘛。谁让它已经活了十一个年头了呢。"

"是该杀了。"胡日军说。

"老了就该杀了吗？"春莲又说。

"不杀不行了，现在乡里正忙着打狗，况且上一次联校的人来检查的时候它还咬了一个人呢。"

"可它不该是你杀吧？"春莲一字一句地说。

胡日军听春莲说出这句话，就怔怔地看春莲，刚拿到手里的一块肉还高高举在空中。

"啃就啃吧，反正狗已经死了。"春莲说着也从锅里拿起一块肉坐在胡日军的对面啃，她啃得很快，简直不像是在吃，而是在一口一口地往下吞呢。

春莲每啃一口就能听到狗哀怜的叫声，春莲每啃一口就看到狗的眼泪在她的眼前闪。

"海东你知道不，这狗是我和胡日军抱来的。那时候我们俩相好，这你们也是知道的。这狗陪着我们度过了一段非常美好的日子。可是海东你不知道我为什么不教书了吧？有一天你不在，我和胡日军在。我们正在干着什么，狗叫起来了，还夹着人的声音。是村长的儿子德顺的声音，他让狗咬了。狗是替我和胡日军看门的呢。我和胡日军出去的时候，德顺看到了我们零乱的衣服。当然，德顺知道了我们干了什么……过后村长说要告诉乡联校开除我和胡日军，如果不想这样，还有另外一个办法……最后胡日军留下来了，我却做了村长的儿媳妇，就是德顺的媳妇。"

"现在德顺不在了，狗也死了。狗是被人杀死的。德顺的死是他自己的事，与别人无关，可是这狗却是死在胡日军眼皮底下的。估计它到死都不会想到胡日军会下手把它弄死。"

"啃吧，我和你胡日军面对面啃吧。"春莲说的时候手有些抖，她的眼中有泪流出来。她突然想吐，就弯下腰，一下子从她的怀里掉出一双鞋垫，她哇哇哇哇地把吃进去的狗肉全吐在了那双鞋垫上。

那双鞋垫上很清晰地纳着"胡日军"三个字，春莲吐出来的东西严严地把那三个字盖住了。

那驴那贼那先生

那驴瘦，那驴都有好多岁了，如果用村子里的一个人来作比喻，它肯定跟西头住着的毛四孩差不多了。毛四孩满脸皱纹了，一咳嗽能把村子西头的那块石头震得动起来。可是，村子里还用那驴，村子里是再没有钱能买一条更好的驴了，像那有劲的高大骡子和马更是想都不敢想。村子里还有一头牛，也是一头老牛了。老牛也瘦，但高。村子里耕地，总是一条瘦而小的驴和一头瘦而高的牛搭成一犋，那驴，和那牛一样，是村子里人的命。

可是那驴丢了。管饲养的毛贵贵早晨起来添草，见驴圈的门开着，也没在意，端了草筛子进了驴圈，才见圈里并没有驴的影子。毛贵贵正奇怪着呢，按说每天早晨他要添草的时候，总能听到那驴蹄子刨地的声音，这是急切地催他的意思，许是这货早就等着他了。毛贵贵说，这灰货，这灰货，怎就等不急了呢！就朝了院子里看，还像平时喊那驴一样喊了一声，可是那驴并没有回来。毛贵贵到院子里找，哪有呢？连根驴毛也没有。他只看到了敞开的大门和一片从门外射进来的晨光的影子。

驴是丢了。这村子，丢一个人，人们可能会不太在意，可是这驴丢了可怎么了得？村里的那些需要驴来干的活儿怎办？耕地的时候，搭一个人勉强能和那牛配成一犋，可是要到了拉车的时候呢，到冬天家家户户还指望着那驴拉了平车到十里外的窑上拉炭呢。这冬天一到，西北风嗖嗖一吹，家家户户是离不了炭的。驴没了，难道让驴毛去拉？

毛贵贵是管饲养的，驴在他手上丢了，自然得由他负责把驴找回来。

村子穷，支书递给毛贵贵一大把皱皱巴巴的钱，说村子里只能出这些了，你就看着身量紧着花吧。毛贵贵看着手里皱皱巴巴的钱，点了点头，没说啥。这就不错了，自己的责任，村子里还给自己凑了出去找驴的费用，自己还能说啥哩。他也知道，村里也是尽了力了。

毛贵贵先在三二五里周边的村子找，接着又在十里八里更远的村子找。他见了村就进，见了人就问，生生是把这周围转遍了。连那些村子的孩子，一见了他的影子，就都熟了，老远就喊：找驴的来了，找驴的来了。

毛贵贵找了好多天，毛贵贵找的地方越来越远。毛贵贵都把自己找成一头驴了。

还好，有一天，他还真把驴找到了。不在三二五里的村子，也不在十里八里的村子，而是在离村子很远的另一个县。

驴是一户人家从贼的手里买的，人家是出了钱的，想要把驴要回来，得把人家买驴的钱给了。可是那个时候，毛贵贵身上的钱早就花光了。毛贵贵站在外县的天空下，摸摸兜，再摸摸兜，还能摸出什么来呢？摸了好长时间，他拿出手来，只把一颗不知道啥时候钻进兜里的草籽弹出去。毛贵贵已经有好几顿没吃饭了。

可是没钱也得把驴拉回去，他毛贵贵可以不回村子，那驴得回去啊！

这些天，没有了那驴的影子，村子的天空还不知道该有多么暗呢！

也就是在那一刻，毛贵贵突然想到了一个远房亲戚，那就是那先生。好多年都不来往的远房亲戚了，不是想不到，是不到急的时候啊！

毛贵贵是跟那先生借了钱，才把驴拉回去的。

驴拉回去了，可是村子里却再没有钱还人家那先生。

那先生说，免了吧，钱免了吧。似乎是，他有好多钱似的。

村里人就看着那先生，村里人心里就歉歉的。毛贵贵心里也歉歉的，是个远房亲戚了，原就不打算能跟人家借出钱来，也就碰碰，却就办了，感激就盛在心里，满满的，那还能不还呢。毛贵贵就一个劲地说，那哪行，那哪行？

那先生就看着村里人，看着毛贵贵。那先生看着看着，就长叹一声说，也不是我口袋殷实，实在是我有难言之求啊！

良久，那先生嗫嚅着说出了一句：不知贵村能否容我及家小一留？漂泊的人，就是没根的草，终是想有个落脚的地方啊。

那先生本是书香之家，因了种种原因，竟就落魄，也不知老家在哪，终就流落到这个县里。那先生空有一肚子墨水，却没有一个落脚的地方，只一直漂着。

村里人说：那行，那行，只是村小，只是村穷，只是怕先生嫌了我们这小而又穷的村子。

那先生就又叹口气说：没根之人，还选啥大小选啥穷富？

村人就在村子的一个角落，选了地儿，盖了简单的房子收留了那先生一家。那先生也不白待在村子里，有生了小孩的，就请那先生起名字；过年的时候，那先生就给全村人写对联，直写得全村都是浓浓的书香的气息。有闲的时候，那先生就把他肚子里的东西掏出来，教给村子里的孩子们。

村人都说，咱村捡了个便宜哇！

确实是，村子里再有谁家需要写写画画的事，也不用再发愁了。

世事呢，终就变了。起先，村里人也是让孩子们跟那先生学些礼数，学些日常的东西。也是让孩子们懂些道理，不至于一辈子做个睁眼瞎。却有一天，就兴起文化了呢，就重视知识了呢。

村里的孩子们在那先生的习染下，竟就比别村强了。就有一拨一拨的孩子都走出去了，有好多在外边也就有头有脸地变得不一样了。邻村人就都说，这村，这村，这一样样的村子，人家这村怎就出人呢？

咱得感谢那个贼啊！村子里有人，有一天站在村子的中央跟村子里的其他人说。

真得感谢那贼啊！村子里的人在别村人羡慕的目光里，就总会这样说。

那贼，也不是别处的人。

那贼，就是离村子不远的另一个村子里的人。村里人开始并不知道那驴是他偷的，有一次他来了这村，看着那驴，再看看村里人，就惊讶地问：这驴……这驴不是丢了吗？

村里人就说，怎不是哩，是丢了。

丢了，丢了怎还在呢？贼就大惑不解的样子，贼以为自己原来是做了一个梦，或者现在正在做梦。

丢是丢了，可是丢好了，丢了这驴，却让村里多了个先生。感谢那个贼啊……村里人就朝着那先生家住着的地方长长地感叹了一声。

贼就讪讪地睁大了眼睛。贼就说，这是真的啊？这是真的啊？

是真的哩，是真的哩，我们还能骗你不成？我们村出了那么多有出息的人，还不是靠了那先生？

那贼慢慢就知道了，村子里的人真是感谢那贼哩，有一天就对村里的人说，其实我就是那贼哩，其实我就是那贼哩。

村里的人就说是真的吗？是真的吗？眼睛里就露出复杂的表情，是那种说不清楚究竟包含了什么东西的表情。

自此，那贼就常到村子里来，也常到村子里的人家吃饭。

原本就都是熟人，这些年村子的日子也都不错了，有个人到谁吃顿饭，也不是啥问题了。吃一顿就吃一顿吧，又不是能吃多少东西。

那贼呢，端着村人的饭碗，就风光地吃着，也不惭，确是把自己当功臣了呢！

大摇大摆的贼

　　贼在这儿盯了许多天了。贼是一个收破烂的人。贼胳膊下夹着一个麻袋，手里拿着一杆秤。

　　贼喊，破烂换钱……破烂换钱……

　　贼喊完了还敲几声锣。锣声很脆，总惊起五楼阳台上的鸽子，扑棱棱地飞到蓝或不蓝的天空里去。五楼是一家年轻人，养着许多鸽子，在阴雨的天气里鸽子总蜷在阳台上"的噜的噜"地叫，偶然会很爽快地拉下一泡屎来，黑中夹白的鸽屎总会打在人们的头上。有一次二层的一个老汉从阳台伸出头来，他是在看一个从楼前走过的很好的背影。就有一堆很黏的东西摔到他的头上。老汉的头上没有头发了，那声音就很亮很亮，"啪"的一声，还带着余音。老汉就又伸出头来朝上骂，骂一声把头缩回去，不一会儿再很突然地伸出来，骂一声，又缩回去。老汉是怕鸽子再给他脸上"啪"上一泡。

　　贼在院子里转几围，再喊几声，就走出院子去了。不大一会儿又转回来，就又喊。

贼的声音很响，但贼不是一直喊。贼一看见人就喊，很夸张地喊。

有人真的就问啤酒瓶多少钱。

您有吗？贼说。贼说完了笑笑。贼一直笑着。贼的牙挺白。

贼有时候还在楼道里喊，楼道里圈音，声音散不开，响得很男人味。贼有时候想，自己在楼道里是男中音，连音响都不用就能发出很好的声音。贼得意的时候就笑。贼得意的时候声音也就更响：破烂换钱……破烂换钱……

这不是一栋一般人住的楼。

楼里住的都是市里的头头脑脑们。到上班下班的时候，楼下总是车声齐鸣，高级车在楼下排成长串。司机们大都认识，边开车边伸出头来打招呼。从司机的声音高低就能看出哪个车坐的是哪个级别的领导。

逢年过节，来这栋楼里串门的人很多，没有空手来的，都是提着很多很多的东西，脸上的神色也比较庄重。

贼其实大多数时间是收破烂的，有时也捡。

贼一开始总把垃圾道里的东西钩出来，翻翻捡捡的。

贼从这栋楼的垃圾道里总能捡到整箱整箱的香蕉、苹果、桃什么的，有好多东西，贼长这么大还没有见过。

有的东西坏了，有的东西还没坏，贼就挑出来带回去，给自己的孩子吃。

贼看着自己的孩子吃着那他从垃圾道里捡回来的好东西，他就庆幸自己找到了好营生，别的不说，他要是还在村子里做农活，他的孩子至死也是吃不上这么好的东西的。贼就会产生很大很大的成就感，贼一有成就感就想哼小调，贼曾经是村子里一个小剧团的演员。

贼有时还能从垃圾里捡到别的东西，比吃的更好的东西。

那是一个戒指。

贼搬回一箱子香蕉，他的儿子就从里面挑好的。挑着挑着，他的儿子就喊：爹，你看这是啥？爹你快来看这是啥？

贼头也没抬，说不是坏香蕉，就是好香蕉。

你看这个香蕉上面套着啥。

贼就看到了那个东西。贼也见过戒指。他的奶奶的手上曾经戴过一个，但很小，也是很细很细的。贼小的时候好多次想看一看，但他奶奶从来没让他看过。他奶奶把那东西当成别人动不得的宝贝，虽然她很疼爱孙子，也没让他看过。贼一次气恨恨地说，什么烂东西，连人看一下还不行。他的奶奶竟气得眼里流出了泪。这能是烂东西吗？这能是烂东西吗？为这事，贼的奶奶好多天没和她疼爱的小孙子说话。

贼从香蕉上把那个戒指取下来。贼和他的儿子说这是戒指。贼比画了比画。但戒指太大了，套在贼的手指上能里里外外一圈一圈地转。

套在我的鸡巴上也显粗。贼想。

手上戴不行，鸡巴上戴也不行，那这玩意究竟干什么用？贼问了自己好几遍，贼回答不上来，也就不问了。

贼的那个捡来的戒指卖了三千多块钱，贼想自己干一年农活能挣三千块吗？贼回答不上来。有很多问题贼回答不上来。买那个戒指的人看着贼瞪了好长时间，那个人说，你是当官的。贼摇了摇头。贼说你看我像吗？那你爷爷是老财，肯定给你留下了好多好东西。贼又摇了摇头，说我爷爷穷得冬天根本不穿裤子。

我是捡破烂的。贼离开的时候，对那个人说。那个人瞪大了眼睛，那个人对着贼说，你爱是什么是什么，我又不要你的，扯淡！那个人还朝贼的背影吐了一口唾沫。

贼偷的是市长家。这个小区管理其实挺严，一般人是根本就进不来的，更不用说那些穿得破破烂烂、身下夹着蛇皮袋子的捡破烂的人了。可是贼能进来，许多的捡破烂的人不明白这个人怎么就能进了这个院子，贼就神秘地笑笑。贼不会告诉他们，贼经常在心里对自己说：其实我就是长得像那个保安的舅舅，而那个保安一开始真的把我当成他的舅舅了。

贼已经知道了那就是市长家。

贼有时候在院子里转，有人会凑过来，很客气地问：请问郝市长家在哪儿住？

贼不知道郝市长是谁。他就摇摇头。等问话的人再去问别人，贼就一直留意着。然后跟着那些人爬上郝市长家的门口。

贼装做随便路过的样子，就见从门里出来一个很像官的人，来的人一个劲地点头，一个劲地往脸上堆笑，动作也笨得不知道脚往哪儿放手往哪儿放。贼便认识了郝市长。

就是在前天，贼又见到一个人提了一只很精致的箱子来找郝市长。贼领着把那个人送上了郝市长家。那个人提的箱子看上去很重，贼说我帮你提一提吧。但那个人不让，那个人说怎么好意思呢。贼就知道那箱子里肯定不是一般的东西。

贼走出郝市长家门的时候，郝市长正好回来了。

两个人碰了面，都愣了一下。

你是谁？郝市长说。

收破烂的。贼说。

到我家干啥？郝市长说。

捡点东西。贼说。

有到别人的家里捡破烂的吗？郝市长说。

反正我已经捡了，你说怎办？贼说。

那些你都捡了？郝市长说。

都捡了。贼说，捡一次市长家不容易。

你的胃口好大。郝市长说。

咱们一样。贼说。

留下吧。郝市长说，只要留下，咱当这事没发生。

留下什么？贼说。

都留下。郝市长说。

包括我也在内吗？贼说。

不包括你。你可以走，回到你的家里去。郝市长说，你可以继续捡你的破烂。

既然捡了，我还能留下吗？贼说，你是市长，你不知道我们这一行的规矩，拿到手里的东西决不放下。

那我要报警了。郝市长真的就开始掏手机。

报吧。我等上一会儿也没关系。贼就真的靠在了墙上，等着。

郝市长犹豫了好一会儿，然后说：你走吧，走得远远的，不要让我再看到你。

贼露出了他的那很白的牙，贼笑了。贼说我会想郝市长的。

贼就大摇大摆地顺着楼梯往下走，走到快看不到的时候，贼没有忘记回过头来对郝市长说一声拜拜。贼从来没说过这个词，他常听到街上的小学生们说，也就顺嘴说出来了，郝市长听了好别扭好别扭。

郝市长的眼里一直晃动着贼那口很白很白的牙齿。

郝市长家一般不会放多少钱的。他当了这么多年副市长，对这个问题还是比较明白。但这一次他还没有来得及把钱处理好，就出了事。

钱是 个工程承包商送来的。郝市长给了那个人工程，那个人给了郝市长钱，是一皮箱。那个人送来，说是郝市长应该得到的。

郝市长也没说什么，就留下了那个皮包。那个人走了以后，郝市长只看了一眼，箱子里是摆得齐齐整整的钱，而且是崭新的。郝市长就对他的女人说你明天就处理一下吧。

他的女人说明天怕是不行。我妈让我去一下，后天吧。

什么后天，这也是可以拖得吗？

就一天也不会有啥事情发生吧！郝市长的老婆看着箱子里的钱，脸上嘴上眉毛上鼻子上都是笑。其实郝市长的老婆也不是必须要到她的母亲家，郝市长的老婆还想着多看一会儿钱，希望每个晚上都能做个好梦呢。

看了好一会儿，郝市长的老婆慢慢地把箱子盖盖上，又在上面上了锁，才恋恋不舍地把箱子放到床下去。

把箱子放到了床下，郝市长的老婆搂住了郝市长的脖子，郝市长一把推开了。

腻。郝市长说。

郝市长的老婆又凑上来。今天做一下吧。郝市长的老婆叫干那活叫做。郝市长的脸上是不愿意的样子，但还是做了。

他们做得清汤寡水的。但郝市长的老婆还是不停地哼哼，偶尔还叫几声。

这一次，郝市长的老婆不像是躺在床上，而是躺在钱上让郝市长爬在肚子上一下一下地做的。也就是这一次，郝市长的老婆在和郝市长做的时候，忘记了那个长得不算太好，但有着细长腰、圆眼睛的女人。而郝市长却一直想着那个女人。

那个女人是郝市长的情人。她是某个局的办公室主任，郝市长正忙着给她活动副局长。

就在这时候，郝市长家的窗户外面就爬着那个贼。

贼想不到会有这么多的钱。他随便揭开箱子盖一看，就惊呆了。

他哪里见过这么多的钱啊。

贼把放钱的皮箱放到一个破一点的蛇皮袋子里。他没有直接回家，而是提着袋子去了野外，贼在野外没人的地方转了好长时间。他有点不知所措了。

贼一忽儿笑了。

贼是想我也能有这么多的钱啊。我爹见了还以为我把国家银行搬回家了。孩子你把银行搬回家了吗？贼想着父亲的语调和口气。忍不住笑出了声。

但他马上就把自己的嘴捂上了。他朝四周看了看，见没有人。才稍稍安了一下心。

贼想到了在城里买房子想到了开一个饭店想到了可以打个伙计，村里人把在外面搞女人叫打伙计，不叫啥情人。贼想市长能，我也能。贼想要打就打一个像市长老婆一样白嫩的女人。贼想一个不行。他听过城里的人们说，一个人没有情人是废物，有一两个情人是人物，有四五个情人就成动物了。这是那些坐办公室的人们闲得无聊的时候说的。贼想还是做动物好。

想着想着，贼不敢想了。这么多的钱啊。贼背着都觉得有点重呢。

贼不知道自己眼下该怎么处理这些钱。带回家去是不行的。自己的那个烂草烂砖胡乱搭起来的家能放这么多的钱吗？存在银行里也不行，自己一个捡破烂的人哪里能有那么多的钱，别人肯定是要怀疑的。

那怎么办呢？

贼觉得背上的东西越来越沉了。贼在突然间想坐下去。

贼又开始怨那个给郝市长送礼的人了。你不能给他少送一点吗？你少送一点我也不至于这么为难呀，没准我早就回家喝酒去了。

野外有风，吹起了贼的头发。

有一个人走过来，看见贼在那儿来来回回地走，一忽儿笑一忽儿又是满脸愁容。他就看神经病人一样看着贼。

贼朝那个人露出了很白很白的牙齿。

贼有这样一口好牙齿是很奇特的，有人就曾看着他的牙齿说：一个捡破烂的怎么会有那么白的牙齿？

贼把皮箱埋在了离城很远很远的一个沟里。他拖着疲倦的身子回到家，躺在那儿睡了整整三天。他老婆以为他病了，摸他的头，他的头冰凉冰凉的。

其实如果贼像以前一样显得正常一点，是什么事也不会发生的。但自从得到一大笔钱以后，贼就与以前不一样了。他总觉得遇到的每个人都是盯着他的人。穿得好一点的人是公家的人，要把他捉到局子里去。穿得差一点的盯得是他的那些钱，没准啥时候，有人就把他打倒了。有一次有人从后面拍了一下他的肩膀，他差一点没有把心跳出去，那是一个和他一样捡破烂的人，他的汗都下来了。那个人莫名其妙，瞪着他看了好长时间。

贼说话和以前不一样了，走路也和以前不一样了。贼总是战战兢兢的样子。有时候连脚都不知道怎着地了。

贼总会在梦里吓出一身冷汗。

那一天贼在一个大院子里捡东西，捡着捡着，听见有人喊捉贼。贼当时就瘫在地上起不来了。人们本来是在追别人的，一看他这个样子，就真的把他当成了贼，送到了局子里。到了局里，贼的裤子已经湿了。

说吧。坐在桌子后面的人说。

说……说……啥？贼的嘴不住地颤着。

你知道你该说啥。

我……我……不知道。贼一直瘫在地上没起来。

我们什么都知道了。你还是趁早说了吧。坐在桌子后面的人的声音严厉起来。

你们什么都知道了？

你们真的什么都知道了？

贼一遍又一遍地说。

我们知道得一清二楚，你还是快点说了吧。坐在桌子后面的人的声音更加严厉了。

我……我……贼就把那件事说出来了。

贼说出那件事以后突然觉得比原来轻松了许多。

贼被关了起来。

贼的儿子在街上听到人们都在议论一个贼偷出一个大贪官的事。

人们说这个贼立了大功。人们说不是这个贼能挖出市长这样的大贪官吗？

贼的儿子听了许多许多这样的话，他就来到了法院。贼的儿子说，我爹立了大功，挖出了一个大贪官，还要让他坐监狱吗？

贼的儿子和法院门口看门的人说。

那个人朝着贼的儿子笑了笑。

如果说我爹是大功臣他应该得到的是奖励而不是坐监狱。贼的儿子又说。

那个看门的人又笑了笑。

你们放我爹出来，再把奖励给我们。贼的儿子的语气硬了。

那个看门的人不笑了。他朝贼的儿子说你走不走？你走不走？你要再不走连你也抓起来，定你个包庇大盗劫犯的罪名还冤枉你吗？

你走不走？那个人又说。

贼的儿子没动。

那个人真的就开始找绳子。

你走不走？那个人提着绳子又问。

贼的儿子就疯了一样跑。跑出去好远好远了，他回头看，见那个人还站在那儿，前仰后合地笑着。

消　失

　　宋朝认识李小兵其实很偶然。

　　那天宋朝起床起得很迟，头天晚上一些烦心的事搅得他翻来覆去睡不着，最后不烦了，脑子也清醒了，往事像浓雾天里的雾一样不知道怎么就去不了，心里一遍一遍对自己说啥也不想了睡觉啥也不想了睡觉，但不知怎么思路又会顺着这一点想下去，越想越远。这样反复着又让宋朝开始烦起这件事，烦来烦去他就睡得很迟，而且也没有睡好。一直很清醒地在梦里想着不想了快睡，倒是让他自己也说不清自己不知究竟是睡着了还是醒着。不到天明就醒了，看看窗外发了蓝的天，他干脆就有了不睡的念头，就像要和谁赌气似的，可有了这个想法后他竟然就沉沉地睡过去了。

　　电话响了差不多有八九声才把宋朝吵醒，他揉了揉眼睛抓起电话，听到了许林的声音。

　　"在干什么呢？这么长时间不接电话。"

　　"做梦。白日梦。你搅了我的白日梦。"

　　"白日之梦叫痴心妄想，最好别做啊。"

"做一做也挺好，有些事情在生活中解决不了，在梦里边就解决了。你说是不是？"

"你还乐得起来，你知道不知道，你要下岗了。"

"下岗就去卖兔头去，你不是早就嚷嚷要卖兔头吗，那些时间我一见到你就能想到兔头。"

"真的，昨天厂里的领导开了会，确定了下岗人员，当然没最后定，好像就有你和我。"

一开始宋朝还迷迷糊糊的，这一下子他是彻底清醒了，他声音亮了八度："你是听谁说的，你不是在说梦话吧，怎么我做梦你说梦话呢？"

"谁说梦话啦，是王利告诉我的。"

宋朝开始相信这是真的了，虽然他和许林两个人在一起爱开玩笑，但能听出来，许林这次说得挺认真。

王利是厂长的女儿，一直和许林拖拍着，王利一直很热，但许林却有意思没意思的。而许林的妈却觉得再合适不过了，她多次对许林说：你以为你是谁，你究竟以为你是谁哇？

许林的弟弟高中毕业后一直在家闲着没事干，不是睡觉就是朝着窗外的什么发呆，好像什么也不在意，听见许林的妈说句什么他就冷不丁地顶上一句，把许林妈吓一跳。许林妈和许林说："王利多好哇，我再没见过像王利那样的女孩子，你看不上他你还能看上谁呀，七仙女挺好可人家在天上呢，你够不着啊！杨玉环也不赖，可人家在古代呢，你生在了这会儿有啥办法呢！"许林的妈妈没文化，认不了几个字，但喜欢看戏，而且最爱看的就是《天仙配》和《长生殿》这两出。

许林明白他妈的意思，他妈是想让王利的爸爸解决弟弟的工作问题，有一次许林就对他妈说：你用刀子把我剁开算了，一件一件卖出去肯定能给弟弟买个好工作。他妈当时听了就掉下了眼泪，说许林你这是埋怨你妈哩吧，你是不是觉着你妈不像个妈？

宋朝今天正好休息，昨天晚上又没睡好，原想多睡一会儿，听了许林的话他一点睡意也没了，他就说许林你今天有事吗？许林说没有。我请你吃饭，去红旗酒家。宋朝加重了语气说。

红旗酒家在本市是档次最高的饭店，宋朝从来没有进去过。可突然宋朝竟想请许林去奢侈一回。宋朝的家在农村，家里不富裕，在花钱上他一般很谨慎。可这一次宋朝在心里一遍一遍地对自己说我他妈就这么回事了我他妈就这么回事了。

宋朝在单位是技术骨干，是前几年分配来的技校生，平时因为家庭经济不太好也不喜欢出去交际，就常钻研点业务技术方面的东西，渐渐成了单位的一杆旗。厂里的一位领导曾经和宋朝说，宋朝你好好干吧，将来咱们厂还不得靠你这样的人来支撑，你看看别的人，要么老胳膊老腿要么就是不成器的混混了。宋朝当时听了多少有些激动的意思，但过了不多久也就淡了。他常想能有个单位顺顺当当地干一辈子就行了，有吃有穿有工资挣还图什么呢。宋朝的父亲就常跟宋朝说，人总得认清自个儿，咱是啥咱得知道，祖祖辈辈在地里刨食，能在城里有个工作挣国家工资这是烧了高香，好好干，别不知足。在父亲的教导里宋朝真觉得自己是个非常幸福的人。

可宋朝要下岗了。

宋朝想我怎么能下岗了呢，宋朝想都没有想过会有这样的事。

在红旗酒家的门口，宋朝看见了许林。

许林今天穿得很特别，是一套正宗的中山装，这种衣服街上早就不常见了。平时许林其实是很随便的，而且相对比较超前。宋朝瞪着许林看了好长时间。宋朝说你这是要返古呀还是怎么的。许林就说我要纪念这个具有划时代意义的日子，我要让我自己记住有这么一天我下岗了。

宋朝摇了摇头。

饭店里的人还不多，还没到高峰期，服务员都闲着，东一个西一个地坐在桌子周围打闹着，也有的静静地坐着，趁没有上班前先休息休息。见他们进来，服务员们一下子都站了起来。他们选择了一个靠窗户的座位坐下，随时能看到外面过往的人群。

宋朝说你不会和我一样下岗吧，你不小心就成了厂长的乘龙快婿，王利的爸没准哪天就成了你的爸，你的爸还会下你的岗吗？许林正在看菜谱，听了宋朝的话，他解嘲似的笑了笑，没说什么。说什么呢？有好多事情并不是用语言能说清楚的，就像他和王利。

其实说实在的，许林对王利并不反感，起码他觉得王利配他许林还是绰绰有余的，如果他能娶上王利做老婆那真是他许林上一辈子烧了高香。许林还是有这点自知之明。关键的问题是王利的爸爸不同意。王利的爸爸曾经对王利说我是厂长你是厂长的女儿你要是和许林成了你让我怎么办？你和他那样的人成了你究竟让我怎么办？当时王利并没有意识到爸爸是厂长她是她爸爸的女儿她和许林成了她爸爸有什么怎么办不怎么办的。王利的爸爸说这话有他的道理，许林是个很随便的人，有时候领导召集人们开会，不管领导说得多起劲他都不在意，照常和下面的人开玩笑，经常弄得领导下不了台。还有的时候领导们正开着会，他会不管不顾地推开会议室的门，说他自己的事，弄得领导们不知道拿他怎么办。王利的爸爸也曾和许林说过：许林像你这样的小伙到那里也不愁找不到对象吧，王利有什么好？王利的爸爸还曾说过：许林你和王利鼓捣不是图我是个厂长吧？当时许林就想朝王利爸爸的脸上吐一口唾沫。是这一句话伤了许林的自尊心。许林就想我哪怕到养猪场去捉一头母猪我也不找你女儿。许林想完恨恨地朝王利爸爸的背影瞪了好长时间。

两个人要了饭和酒一边喝一边聊。很奇怪，平时两个人在一起的时候话也不算少，但今天他们的话都很少。不大一会儿，半瓶白酒就下去了。他们两个都觉得该说点什么，但又都一时泛不上话来。

许林随便看饭店逐渐多起来的人，都是挺胸鼓肚的样子，声音都很洪亮，底气也足，一看就知道是理直气壮地来吃别人或者吃公家的人。许林想要是这样的人少了，不知道有多少人不用下岗。想着想着，许林下意识地拍了一下桌子。虽然他拍得不算太响，还是把宋朝吓了一跳。宋朝正在看窗外，窗外有好几个女人，领着她们的孩子，都穿得很脏很黑，见了人就伸出双手，一直跟出去很远，还有的小孩子干脆抱紧人们的腿不放。有一个孩子使劲缠着一个人最后也没要到钱，让一个女人在头上打了一下哭了起来。宋朝一下子想到了做人的艰难。也就是那么小的孩子，就早早地出来讨生活了，如果没有收获，头上就会有惩罚的把掌重重地落下。

"你怎么了？你是不是犯神经病了？"宋朝收回目光对许林说。宋朝说这话的时候就看到了李小兵。

"有点。"许林说。

"不过你犯神经是家常便饭也不奇怪，你不犯神经倒是值得人注意。"

"这话精彩，我爱听，我他妈别的不会，犯神经可是拿手好戏。"

"这下好了，神经犯得连工作也犯没了，以后没事干只能在家里专职犯神经了。"

"咱们彼此彼此，你老兄谁不知道是厂里的大拿，可也照样得下岗，这世道不知他妈怎了。"许林沉默了好一会儿又说："我老子要他妈是市长就好了，我大爷是也行。"

宋朝没说话，他知道许林说的是朱元成。朱元成和他们曾是一个厂子的，后来调到了市里的一个好企业。朱元成不是好职工，除了能喝酒好像别的啥也不行。就这，前一段往走调的时候，厂长还一个劲地挽留说："元成啊，待得好好的怎么要走了，以后觉得那儿不好就再回来。"当时朱元成还说："待咱们这儿没啥发展前途。"

那就因为朱元成的舅舅是市里的一个副市长啊。

在许林说话的时候宋朝一直朝着一个方向看，许林也就朝着那个方向看。许林也看见了李小兵。许林就说宋朝你犯色戒了。宋朝说你别胡说，她好像是我的一个初中同学。许林说好啊有他乡遇故知的感觉是不是，要不要过去和她叙叙旧？宋朝说不用了又不敢确定是不是。老同学了总得打个招呼是不是，你不好意思，我替你把她叫过来。说着许林已经站起来走了过去。

不知道许林说了些啥话，不大一会儿那个女的就和许林一起过来了，还没等宋朝说话，那女的就主动伸出手来说："老同学你好，多年不见想不到会在这儿碰到你，我真是太高兴了。"边说还边和宋朝挤了挤眼："这是我的电话号码，希望老同学和我联系。"

"一定联系啊，老同学。"那女的离开的时候再一次说。

宋朝望着李小兵的背影想：她怎么怎看怎不像我的那个同学呢！

单位下岗人员方案已经基本上定了，许林不用说自然是在下岗名单里。而对于宋朝，领导们则有不同的意见。一个副厂长认为像宋朝这样的人下了岗，谁还有资格不下岗，厂子还有什么前途。但王厂长说有什么办法，资格老的动不起，有靠山的动不成，刺头赖皮动不得，其余的就剩下领导了，你们说该怎办？究竟该怎办？别的领导们就都低着头不说话。那位副厂长又说像宋朝这样的人都下岗了，最后我们都得下岗。王厂长说还是先走一步说一步吧，谁还能想到下一步，现在还是先解决火烧眉毛的事吧。另外一个副厂长就说也只能这样了。

最后宋朝还是被列入了被精减对象。

宋朝被厂长叫去的时候还在干活，而且干得很认真。许林说："宋朝你就行了吧，你刻苦干认真干拼了命干又能怎么样，下岗的大路已经铺在你的脚下了，你还做什么！"

　　"下就下吧，总得有人下，下了岗又不是就活不成了！"

　　"你说得轻巧，你现在下岗你现在就没饭吃了。咱们是吃这门专业饭的，出去了一下子能干什么？"

　　"要是让宋朝下岗，我赵大刚去找厂长去，他怎么能让宋朝下岗呢？他厂长这些年是凭什么当厂长呢！"和宋朝、许林他们一起的赵大刚说。赵大刚比宋朝年龄大，老婆没工作，孩子又多，家境很困难。上一次调工资，本来应该宋朝调一级，民主测评、业务考核宋朝都比赵大岗强，但宋朝让了赵大刚，从那以后赵大刚很感激宋朝。

　　"你以为你是谁呢，你还是下岗大军里的一员呢，你去找厂长你能做什么？"许林说。

　　"我下岗也不能宋朝下岗呀，宋朝是谁？宋朝是咱们单位的顶梁柱。"赵大刚说。

　　"现在不说什么柱不柱的，现在说靠，你有靠也不至于让你下岗，是吧？再说啦，你要是有靠还怕什么下岗吗？你要是有个当市长副市长或者别的什么长的二大爷三大爷，你还怕下岗吗？"

　　王厂长把宋朝叫到办公室，显得很客气，又是让宋朝坐又是忙来忙去地倒水，就像宋朝是啥有来头的客人一样。弄得宋朝坐也不是站也不是。宋朝还从来没有享受过这样的待遇。

　　王厂长不说当前形势也不说宋朝过去的成绩什么的，王厂长办啥事都显得与别人不一样。王厂长说宋朝你该成个家了，你大龄青年了不成家显得我们领导也当得失职了。有心把王利说给你吧，她实在是太配不上你了。我早就替你注意上了，但一直也没有碰到个合适的。说着说着，王厂长的眼圈不知道啥时候竟红了。

"我这个厂长当得难啊，自己能力不够，水平有限，厂子成了现在这个样子实在是愧对大家。就说现在的下岗分流这件事吧，该让谁下呢，都是对厂子有贡献的人，大家对我的工作一直都很支持，我对谁都难下决心啊！"

说到这儿王厂长就望窗外，久久地，一句话也不说，宋朝也不说。宋朝想到了李小兵，宋朝想她怎么能是我的同学呢。宋朝想不透这个问题。

"宋朝，让你下岗也是没办法的事，别人我动不了啊。过一段我和我的一个同学联系一下，让你去他们厂，他们那儿比咱们厂强多了。其实我是真不愿让你离开的。"

"我走不走无所谓，你们不要让赵大刚下岗。"宋朝说。

王厂长看着宋朝，脸上显出为难的样子。

"我下岗了没啥，反正一个人吃饱全家不饿，可赵大刚一大家子人呢。"

"你还是考虑一下自己下一步的事吧，其他人的事你又何必多操心呢。赵大刚的事嘛，我们另有安排。"

"请不要让赵大刚下岗。"宋朝突然就火了，他噌地一下子从坐着的地方站起来，声音说得很响，王厂长从来没有见过宋朝发火，眼睛怔怔地看怪物一样看着宋朝。

宋朝下岗了，没有下岗的时候知道自己要下岗了心里总是憋憋的，仿佛前头的路突然断了似的；又觉得前边雾蒙蒙的一片，有一种不知所措的感觉。一旦真下了岗，心倒平静下来了，还多多少少有一种解脱了的轻松感。赵大刚也下岗了，其实宋朝也清楚赵大刚下岗是肯定的事，他只是存了一丝的希望，他希望赵大刚能不下岗。赵大刚离开厂子的那天拖着好亮好亮的声音哭了起来，那么大的人蹲在地上痛哭，真是让人受不了。宋朝的心底就升起一股什么东西，他话也没说就朝王厂长的办公室走去。王厂长不在，厂办的人说王厂长到新加坡出差去了。宋朝又去找别的领导，一个也没找到。有一个人悄悄地对宋朝说你别找了，找不到的，这个时候谁还会在厂子里待呢。

站在十分熟悉的厂子中间那条旁边植满了树的路上，宋朝突然想大声骂一句，痛痛快快地骂一句，但他最终没骂，只是快步地走回去拉起还在抽泣的赵大刚说："你他妈别丢人了，老大一个人了蹲在人们面前嚎，你羞不羞？你不羞我还羞呢！"

"兄弟，我是没办法呀，兄弟。哥那一大家子你是清楚的，我下岗了他们吃什么、穿什么呀？"赵大刚一下子坐在了地上，哭得更响了。

"走你的吧。"宋朝一把把赵大刚拖起来，硬揪着他走出了厂子。

让人感到意外的是，最后倒是许林没有下岗。许林在电话里和宋朝说："哥们玩了不英雄的，哥们将了他王雄愧一小军。"

原来，许林知道了已经把他列为下岗对象后就去找了王厂长，他说他现在只有两条路好走，要么让他在单位上班，要么他就把王利处理了，索性生米做成熟饭，领着王利回家去喝西北风，省得下岗了出去没钱娶不起媳妇。王厂长就说你是爷爷你比我凶我在这个世界上就服你了许林。

许林就说你别服我，我配让人服的话全世界的人都值得让人服，我只知道我上班就有工资开，别的啥也不懂，要不我就当厂长了。

王厂长就说我不让你下岗你就不要再打王利的算盘。

许林说我的脑子里再想她一下我是王八蛋。

宋朝在家里美美地睡了一觉，醒来以后太阳已老高老高了。他想该去上班了，怎么睡得这么死呢。他慌里慌张地穿上衣服，刚走出院子，一下子想起自己从今天开始永远不用去厂里上班了，他已经跟厂子没有关系了。站在院子里，一种丢失什么的感觉慢慢地慢慢地涌上宋朝的心头。他想这以前的一切就算到此画了个句号，他又想我也许是做了个梦，我不是经常喜欢做梦吗？可他抬起头看了看红红的太阳，又摸了摸自己的脸，非常清楚地知道这真的不是一个梦，自己真的是下岗了。

宋朝待在家里不知道该干点啥，他给许林家打了个电话。许林妈说许林上班去了，宋朝说许林不是也下岗了吗？许林妈说没有呀，他班上得好好的，你们朋友之间开玩笑也不能开这样的玩笑。宋朝就充满歉意地说对不起大娘是我错了。挂上电话，宋朝觉得无聊死了。他草草地洗了一把脸，也没吃饭就骑上车子往赵大刚家走，他很想找个人出去喝酒，他感觉他现在不醉一回真是难受死了。

赵大刚的媳妇正在院子里忙着什么，见宋朝来了她像见了救星一样，拉住宋朝的胳膊说兄弟你可来的正是时候，你赵大哥自从下岗回了家一直睡着，话也不说，饭也不吃，你劝一劝他吧。我可是没有办法了。

他们走进屋子，宋朝见赵大刚在炕里边躺着，一动不动，连他进来也不打一声招呼，听出气的声音，他知道赵大刚其实醒着。

宋朝也没和赵大刚说话，他只顾和赵大刚的媳妇说。

"嫂子，看来你要有罪受了，你看那人成了废物，你们一家子本来是指望他的，可他成了植物人；要不你干脆和他离了算了。"宋朝说。

赵大刚的女人朝宋朝摇了摇头，她知道宋朝是在激赵大刚，她怕赵大刚心里受不了。

"不知道嫂子当时眼睛怎么迷糊着，竟看上了我们赵大哥，要是我们的赵大哥像现在这样子，你肯定看都不看他一眼，是不是？"

赵大刚翻身坐起来，他说兄弟你别涮我了，哥是心里真难受。

宋朝就问他谁不难受，我不难受吗？嫂子她不难受吗？她本来嫁给你个响当当的男人，可你成了这样，她更难受。人嘛，不能在一棵树上吊死，路其实是很多的，你说呢？

"那兄弟你说咱们今后怎办？"

是呀，今后怎办？这个问题宋朝还真的确确实实没有考虑过。

从赵大刚家出来，宋朝就不知道自己该干啥了，本来想找个朋友喝喝酒、聊聊天、宽宽心，他还没有正式考虑今后该怎么办，从赵大刚家出来，这个问题就真真切切地出现在了他的脑子里。

不知道出于什么原因，宋朝拨通了那个电话，电话嘟嘟嘟嘟地响了好长时间，宋朝心里有某种期待，但又很害怕真的有人接起来。电话响了好长一段时间，一直没有人接。宋朝笑了，这是很正常的事情，谁会记住一个陌生人？谁会接一个陌生人的电话？

宋朝想着，在街上漫无目的地走着。这时电话响了，竟然是那个电话。宋朝的心里有些紧张，想接起来，又不敢接，最后还是鼓起勇气接了。

"喂……"

"喂……"宋朝也"喂"了一声就不知道再说啥了，他还不知道人家的姓名呢。

"我知道你会来电话的。"对方说。声音很清脆也很随便，这让宋朝感觉很亲切。"我刚才正有烦心事，不方便接电话，这不，一办完事就回了你的电话。"

"你怎么知道我会给你打电话？"

"感觉。"

"我还不知道你是谁呢，你知道我是谁吗？"

"知道不知道有什么重要，慢慢不就知道了吗！"

"我有一个请求，不知道该不该说？"

"说吧。"

"咱们还不认识，有些不好意思。我请你喝酒好吗？"

"挺好啊，我正等着有人请我喝酒呢。"说完，对方笑了。

宋朝也笑了。

通了电话后，两个人见了面随便多了。宋朝说你让我省了一笔钱，李小兵就问为什么。宋朝说今天反正我要和人喝酒，要是找不到人我就准备花钱从街上雇人，随便谁都行，只要他陪我喝酒。李小兵说那你就把那钱给了我算啦，我就算你雇的人吧。

"你为啥这么想喝酒？"李小兵问。

"我是个酒鬼。"

"你不像。"李小兵很内行地说："你一看就是个很谨慎、很有理智的人，别人灌你都灌不醉。是不是？"李小兵看着宋朝。

宋朝心里在那一刻有什么东西往上涌，他的眼中也有东西在动，他朝后扭了扭头假装看窗外，顺手擦了一下眼睛，可眼泪却很不争气地流了出来。这么多年了，宋朝的坚强在那一刻突然就变得弱不禁风了。

宋朝问李小兵喝啥酒，李小兵说随你，我反正今天挣了赔你喝酒的钱，我就一切随你，你是我的雇主嘛。宋朝就点了二锅头，问李小兵不怕二锅头硬吧。李小兵笑了。李小兵说在我喝过的酒里，二锅头还行，但也算不上是过硬的酒。山西的汾酒硬，喝在嘴里冲冲的，直往脑门子上钻，比较难下口，跟山西人一样，要么不说话，一说话就冲。内蒙古有一种酒叫闷倒驴，也硬，但跟汾酒的硬法不一样，闷倒驴喝在嘴里不像汾酒那样冲，但在顺着嗓子眼往下走的时候，感觉有一股劲一下一下地传遍你的全身，喝着喝着，就有一股豪气直顶人的天灵盖，就想跳到一匹狂奔的马上，在辽阔的原野上，疯了一样狂奔。而像五粮液、茅台、1573那些酒，纯粹都是摆样子的，而且根本喝不出酒的味道……

"看来你是喝酒专家啊，对酒这么内行。"宋朝盯着李小兵说，李小兵突然"嘿"了一声，眼里闪过一些什么东西，宋朝就不在问了。

两个人喝得很随意，但喝得也很多，宋朝以前不常喝酒也喝不多，但这次好像没啥感觉。

宋朝说起那次把李小兵认成同学的事，李小兵说我当你的同学不好吗。好是好，你那天怎么真的过来认我做同学呢？李小兵说有什么办法，那些男人把女人当玩具耍，逼着我喝酒，我只好当你的同学趁机躲一躲啦。宋朝说你也利用了我一次，咱们两清了。李小兵就说你其实也挺滑。

"咱们说了这么长时间的话，喝了这么多的酒，已经同学了这么长时间，还相互不认识呢。"宋朝说，"趁咱们现在还没醉，通通姓名吧。"

"你说这有必要吗？咱们不是已经熟悉了吗，通不通名姓有啥关系。"李小兵看着宋朝说。

"也是。"宋朝说。

"最主要的是咱们是朋友。电脑五笔字型里'朋友'这个词的前两个字母是 ED，你就称我 ED，我称你 ED，行吗？"

"有点意思。"宋朝说。

许林一直躲着王利。许林想我其实是一条狗，许林又想一条狗原来活得很艰难。

许林虽然没有下岗，可他心里并不觉得怎么样舒坦。赵大刚下岗了，赵大刚人虽然笨可比较勤快，单位里做啥事都抢在前面；宋朝也下岗了，宋朝在厂子里是数一数二的人才，正如那位副厂长说的话，这厂子还真的离不了宋朝，就这样宋朝还是下岗了。他许林算什么？要一头没一头。工人们虽然见了他都翘大拇指，脸上还带着笑，他知道人们笑的后面是什么。一次，一个工人问他："许林，啥时候吃你们的喜糖？"

许林半天没醒过神来，在人们的眼里他已经开始沾未来岳父大人的光了。

"他妈的蛋！"许林总想朝着墙或者空气什么的骂一声："我日他妈的蛋。"这样的欲望，在许林的心底越来越强烈。

终于一次在单位的门口，王利把许林堵住了。

王利恨恨地看着许林，一句话也不说。许林看着墙，也一句话也不说。其实许林想说点什么，但不知道该说点什么。

过了好长时间，王利说："许林，你不是人。"

"是，我不是人。"许林说。

"你是畜生！"

"是，我是畜生！"

"你连畜生都不如！"

"是，我连畜生都不如。"

两个人又是一阵沉默。有那么好长时间许林以为自己不会动了，但挪了挪脚发现还能动。许林就那样犯了错误的学生一样，一直低着头看自己的脚。看一只蚂蚁很没意思地爬上了他的脚又很没意思地爬下去。看一片树叶忽悠忽悠地飘到他的脚上又飘下去。许林就想人是不是就是那么没意思地上了班又没意思地下了岗，没意思地生出来又没意思地死了呢？

最后王利看了许林一眼，扭过头来二话没说就走，她已经什么都不想说了。对于一个没有感情的像蚂蚁一样或者像树叶一样的人，王利真的觉得没有啥想说的了。许林看着王利的背影，许林看着王利从一棵一棵树的影子下走过，许林看着王利跨过那条横在厂子中间的路。当王利要拐到一座楼的后面的时候，许林突然说："王利，你是个好女孩！"

王利的身子颤了一下，停下来站了好一会儿，然后转过身看着许林，咬着牙说："许林你扯淡！"

说完，王利的脸上已满是泪水。

宋朝开始了他的摆地摊生涯。赵大刚也出来了，是宋朝拉出来的。一开始赵大刚不出来，当了半辈子的工人了，突然要站在街上练摊，赵大刚总觉得脸上挂不住，宋朝就对赵大刚说你不要把你当成过去的那个工人老大哥，你也不要把你当成过去的那个赵大刚，你就把自己当成一堆大粪。你就想，你是大粪了你还有什么放不下的，你说你还有什么放不下的？

赵大刚就出来了。

练摊很苦，也难。以前从来没有想到将来有一天会干这营生，所以刚干起来就有些摸不着头脑。经常看到街上有人摆摊，也没觉得有多难，一旦自己去做才知道，并不是一件容易的事。一开始连货从哪里取都不知道。接着是叫卖。以前两个人在工厂里面对的是机器，突然站在人来人往的大街上，都不习惯。特别是赵大刚，一直低着头，总是怕人看见，更别说喊了。宋朝说：赵哥，你得喊啊。赵大刚说：我喊不出来，还是你喊吧。宋朝就下了决心，开始喊，心里想着大声喊，喊出来的声音却是低低的，连赵大刚都说就像小公鸡在叫。

许林也出来了，他不是下岗了，而是自己自动离开了单位。

当那天宋朝和赵大刚商量着出来做生意的时候，许林来了。许林说我也算一个。宋朝和赵大刚就都奇怪地看着许林。许林说："看什么看，没几天就认不出来了？"

"真的有点认不出来了。"宋朝说。

"别。"许林说："我炒了单位的鱿鱼。我许林不去上那个破班了。"

"真的？"宋朝问。

"真的？"赵大刚也问。

"真的。"许林说完，朝天空吹出一个响亮的口哨。还抬起手把前额上的头发潇洒地往上理了一下。

宋朝拍了一下许林的肩膀，又拍了一下许林的肩膀。宋朝说："许林，你有种。今后咱哥三个都是经理，每个人都是自己的经理！"

赵大刚则直直地看着许林，满脸都是遗憾。

他们的买卖做得不是很顺利。他们的摊子摆在东关，东关处在城乡接合部，市容管得不严，基本上好多没有固定手续的人都在这里摆摊子。卖啥的都有，反正一个人一辆平板车，从货站或者别的什么地方贩点货就来卖了。赵大刚卖的是冰棍、雪糕，赵大刚脑子笨，怕算不了账，就只卖这些东西。用赵大刚的话说是，我要是卖那些算账的东西，用不了几天就把我自己也卖了。在单位的时候，赵大刚就经常算不清账，一有点事就找宋朝。宋朝卖的是苹果，反正苹果不像别的东西，一时半会儿也坏不了。许林跟他们不一样，许林专门跑了一趟河北的一个什么沟，那地方东西都便宜，许林大包小包带回来许多化妆品。许林说赚女孩子们的钱要更容易一些，许多女孩子花起男人的钱来，根本不当个钱。宋朝和赵大刚都知道，只有许林才能这样想。

在街上站了一天，那天晚上，宋朝随便吃了一点饭，早早就睡下了。自从下岗以后，宋朝经常睡不着，但那几天在街上摆摊以后，每天尽管挣不了多少钱，但每天都很累。蹬着车子上了一个坡，穿过城里的一条大街，回到家天就黑了，他就草草地吃点饭，也不看电视，倒头就睡了。上班的时候，感觉什么都有条有理的，心里也有谱。下了班，吃完饭，饭碗一推，先看《新闻联播》，再看综艺节目，体育宋朝也喜欢看，只要有美国 NBA，宋朝是一期不落。但下岗后，感觉一切都乱了，一件事做完以后，往往是，宋朝不知道下面应该做什么了。

迷迷糊糊的，宋朝好像听到了电话。接着他又听到了电话，从梦里醒来，电话是真切地响着。电话里是一个女人的声音，声音很低。宋朝很少接到女人的电话，正在他心里疑惑着，电话里的女人哭了起来。这一下宋朝听出来了，是李小兵。

"怎么了？你怎么了？"宋朝彻底醒来了。

"我……，我……"一听李小兵就喝多了，舌头都僵了。

"你在哪儿？你在哪儿？"宋朝急切地问。

"我在红……"李小兵的话没说完，电话就断了。再打过去，"嘟嘟嘟嘟"地响着，却一直没人接。

宋朝睡不着了，他赶紧爬起来，三下两下穿上衣服就下了楼。他想可能李小兵又是在红旗大酒店喝了酒，喝多了。宋朝赶到红旗大酒店的时候，看见李小兵正趴在离红旗大酒店不远的一个花池旁。秋冬季节的晚上，凉气逼人，街上很少有人。路灯淡淡地照着，远远地看，李小兵的影子就像一件被人遗弃扔在那里的旧衣服。

宋朝赶紧跑过去，使劲扶李小兵，可李小兵却软软的，嘴里含含糊糊地说着话。

"怎么成这样了？怎么成这样了？"宋朝把李小兵从这边扶起来，李小兵从那边耷拉下去；宋朝把李小兵从那边扶起来，李小兵又从这边耷拉下去。李小兵的家在哪里，宋朝也不知道，站在街上又不合适。带到自己家里……让李小兵怎么想，孤男寡女的。思来想去，宋朝还是决定先把她带到自己的家里凑合一晚，要不怎么办呢。宋朝扶着李小兵，站在路边拦了好长时间，见是酒鬼，没有一辆出租车停下来。宋朝就扶着李小兵往家走。一路上，李小兵一直含含糊糊地说着话："喝呀……喝呀……我还怕个谁……"

那一晚上，宋朝一直没有睡，他一直守在李小兵的旁边。李小兵吐了好几次，脸色惨白惨白的，尽管李小兵从来没有对宋朝说起过，但宋朝知道，李小兵的心里肯定很苦很苦。宋朝看着李小兵，想起自己的下岗遭遇，心里也忍不住酸酸的。但当他把一块热毛巾敷在李小兵头上的时候，心里又觉得暖暖的。宋朝趴在床边的桌子上一直醒着，但到天快明的时候却睡着了。等他睁开眼睛，却发现李小兵已经不在了，她睡过的床也整理得干干净净的了。宋朝感觉自己就像做了一个梦。

宋朝起来在屋子里转转，没有看到李小兵。他又走出院子，仍然没有看见李小兵。看来李小兵已经走了。

过后李小兵给宋朝打来电话，表示感谢。原来那一天李小兵陪一个企业的老板出来喝酒，企业的老板领她来是陪一个国有厂子的厂长的，那个厂长姓王，有近六十岁了，还老不正经，吃饭的时候一直色眯眯地盯着她，还左一杯又一杯地灌她酒。喝完了酒出来，那个王厂长扶着要送她回家，那个老板有目的地提前走了。看着那一张被酒精涨红了的老树皮脸，李小兵一口唾沫吐了上去，然后直起腰来朝前走去，把那张老树皮脸凉在冬天的风里。等那个厂长的影子在大路的尽头消失以后，李小兵忍不住趴在花池边上"哇哇哇哇"地吐起来。宋朝听李小兵说完，感觉那个姓王的厂长很像是自己原来厂子里的王厂长。

宋朝从来没有问过李小兵的工作，但隐隐地知道李小兵肯定过得很难。一个女人独自要闭世界，也真的是难啊。

李小兵来找过宋朝一次，是在一个傍晚。

宋朝收了摊子走在回家的路上，听到有人喊，好像是在喊他，他站住了回过头就看到了李小兵。宋朝说你怎么在这儿。李小兵说是碰上的。宋朝说练了一天的摊有点累了要不就请你去喝酒。李小兵说你不是个酒鬼难道我是酒鬼吗？我早就知道你在摆地摊了。我也做过这活，难。可生在人世间，干什么不难呢？

"宋朝，认识你很高兴。现在这世道，像你这样好的人不多了。"李小兵说："你让我过了一段很实在的日子。"

"起码在一段时间里我可以想象一个人在干什么、在想什么，这是我长大以后没有过的。谢谢你，宋朝。"李小兵又说。宋朝想问她怎么知道了自己的名字，但他没问。

两个人在夜的阴影里站了一会儿。李小兵说自己有些累，就在宋朝的三轮车旁边坐了下来。李小兵坐在那儿的样子有些虚弱，宋朝就有想抱一抱她的欲望。

天彻底黑下来以后，李小兵说我走了，然后又说了一声我走了，她就真的走了。

临走的时候，她又回头看了宋朝一眼。

宋朝回到家往下拿车上的东西的时候，见车上有一个纸包，他拿起来一看，是厚厚的一摞钱，他明白了什么的样子，拿着钱跑出去，李小兵的背影已经融入了沉沉的黑夜。

此后宋朝又打过那个电话，可每次都听到服务小姐的声音说：这个号码是空号，请您重新查号后再打。

宋朝想没准哪天他会碰到李小兵，可是一直也没有碰到。但到今天为止，宋朝一直期待着，他相信他一定还能碰到她。

走着去一个叫电影院的地方

红和齐子是在一个电影院认识的。

那是十年前的事了。红当时十八岁，刚刚中学毕业在家里待业。和红一起待业的还有几个同学，她们经常在一起想想过去的学生生活，谈谈下一步的打算。说起打算她们一般是很迷茫的，她们并不知道她们该怎么打算她们的未来。

不知道未来是什么样子，她们就一起去电影院里看电影。

那时候，电影还是很红火的，电影院也是年轻人比较常去的地方。还没有时兴什么歌厅、舞厅什么的，更没有什么酒吧、网吧、咖啡厅什么的。那时候的生活单一的让人们生不出什么想象来。

红和她的同学们就总在想不出未来的时候去电影院看电影，她们会在电影里把她们想要想的事情忙掉。

那天红约好了和另一个同学去看电影。她们没有一块走，那个同学说有点事先要去办，让红先去。她办完了事就去。红就先去了。

红去得很早，她坐在那儿一边嗑瓜子一边等着那个同学。红在等那个同学的时候好像并没在想那个同学，红的脑子里空空的。红的脑子空空的时候，人显得很有内容。电影院一开始稀稀拉拉的，慢慢人就坐得差不多了。红的左边是那个同学的位子，那个同学一直没来，位子就空着。坐在红右边的是一个男孩。红觉得那个男孩很面熟，好像在哪里见过，但又想不起来。电影开始了那个同学也没来，但红没有在意。红一直想着自己在哪儿见过这个男孩，电影就没有看好。直到电影结束那个同学也没有去。站起来往出走的时候，红听到有人在叫自己的名字。红回过头就看见了那个男孩，那个男孩看着红，正在对着红笑呢。

那个男孩说我知道你叫红，一中刚毕业。我还知道你住在哪儿。

红听得神神的。红就说你怎么知道这么多。那个男孩说其实我的家住得离你家不远，我上二中，你上一中，我们有时候还能一块走一段路呢。

红想起来了。红的脑子里就出现一个经常背着天蓝色书包的中学生的影子。

那个男孩告诉红他叫齐子。齐国的齐，孔子的子。红说鲁国才有孔子呢。说完两个人就都笑了。出了电影院，红站在电影院门口，一副不知所以的样子。齐子站在她的旁边。齐子说你怎么走。红说我不知道。齐子说咱们相跟上一起回去吧。反正也是一路。红就不置可否地点了点头。

以后的日子里，红还是经常到电影院看电影，但不是和她的那些同学了。她是和齐一起去的。齐也没有考上学校，待在家里没事干。就常叫上红一起去看电影。

他们的家离得不远，只隔一条马路。齐子就穿过马路来叫红。红的家住得高一点，齐子穿过马路的时候红就站在家门口看着，她看见齐子一晃一晃地走过了马路，也不出来，只等着齐子敲自己家的大门。红一般总是一个人在家。父亲在一家运输公司开车，母亲在一个工厂上班，都很忙，红大部分时间都是一个人在家里待着。

听到齐子敲门的声音，红才说是谁？齐子就说是我，齐子。齐子回答得很实在，红就在门里边笑了。然后红就走出来开了门和齐子一起出去。有一次约好了晚上八点一起去看电影，可红忙一件别的什么事，误了时间，当她去了电影院，齐子在电影院门口等了好长时间。齐子在红的家门口等了好长时间没有等住红，以为红来了电影院，可来了电影院门口并没有见到红，就一直在电影院门口等着。

红来到电影院门口电影已经开了将近半个小时了。红就抱歉地笑笑，和齐子说我误时间了。齐子说没事。两个人那天就没有进电影院去，只在电影院门前的电线杆子旁站了一会儿就回去了。

下一次见面，齐子说红我送你一件礼物吧。齐子就拿出一块手表递给红。红说我不要，齐子说我已经买下了，你就收下吧。红就说算你替我买下的。我挣了钱还你。

但还没有等到红挣到钱齐子就走了。

以后看电影的时候，红就一直戴着齐子送给她的那块手表。

他们一般都是去电影院。从红家去电影院是一条土路。土路上铺满了大大小小的沙子。红和齐走在铺满了沙子的土路上总会有一下没一下地踢起地上的沙子。他们会说起一些各自学校的事情，他们的话都说得闪闪忽忽的。有一些话每次去电影院的时候都会说起。有时候是齐子说了。红说你上一次说过了。齐子就不说了。但下一次齐子还说。有时候是红说。红说的时候齐子就认真地听。齐子一般不会打断红的话。

说着说着电影院就到了。他们也不管是啥电影就买了票进去看。

回去的时候，他们的脚步很慢。那时候他们就说电影。看了战争的电影他们的话题就多些。看了爱情片，他们的话就不多。他们往往不知道如何去评论关于爱情的电影。他们似乎总在回避着什么东西。

这样的日子过了大约有半年时间。

有一天看完了电影，走在回去的路上。齐子好长时间没说话。红不知道齐子为什么不说话，于是自己也不说话。只有他们的脚步声沙沙沙沙的，听起来就像是有人在窃窃私语。

快到红家的时候，齐子站住了。

齐子说，红，以后咱们不能一起看电影了。齐子的这话一听就在心里憋了好长时间，齐子是硬说出来的。说完了这话齐子就看远处，齐子的目光深深的。红看着齐子深深的目光就有些感动。红想问齐子为什么，为什么以后他们不能一起去看电影了，但红没问。红也就像齐子一样看远处。红看远处的时候觉得远处其实什么也没有，红不知道齐子为什么那么专注地看着远处。

齐子告诉红，他要去南方的一个城市了。他说在那个城市有他的一个叔叔，他要到那里去干活。

一个人总要为将来谋生的。没有考住大学不能长期闲下去，人总得有自己的出路。齐子说。齐子说完了又告诉红，他说这是他母亲对他说的话。红不明白齐子为什么要强调这一点。

齐子和红在黑夜里站了好长时间。齐子说这个秋天自己看了许多精彩的电影。齐子说不知道南方的电影有没有这里的好看。

红一直没说话，红不知道自己这时候该说什么话。红总想起他们一起走在路上去电影院时路灯下他们的影子，但看过的电影她却好像都忘记了。

齐子亲了红一口是突然间的事。红还沉缅在过去里，齐子就走过来亲了红一口。红还没有反应过来，齐子已经开始跨过那条马路了。红看着齐子的影子。红在黑暗中站了好长好长时间。

从此以后，齐子真的消失了。红每天站在家里朝着齐子的家望，但一直没有望到那个高个子的、显得有点瘦的男孩的身影。红好几次听到有人敲门的声音。红想是齐子来了，可再细细听却并没有谁敲门。

红又去过几次电影院。是红自己一个人去的。

红一个人走在去电影院的路上，觉得寡寡的。红不知道自己为什么觉得寡寡的。自己脚下沙沙沙沙的声音有时候就让红很烦。

红不承认自己在怀念那段和一个男孩一起走着去电影院的日子，但是红真的是忘不了那一个个走着去电影院又走着回来的夜晚。其实那就是怀念。

红从此就不去电影院了。

过了一段时间，红也上班了。红迟早是要上班的。也不是红，任何一个人迟早都要上班的。任何一个人都要为自己或者为别人活着而且上班。红在家里又待了一段时间，母亲到了退休的年龄，红就接了母亲的班，去母亲的那个工厂上班了。那是一个生产麻袋的厂子，红的眼前总是一团又一团的麻和一摞又一摞的麻袋。有人说他们整天活在麻袋里，感觉自己也成了麻袋。但感觉自己也成了麻袋的时候，红总会想起没有上班时和齐子一起走着去电影院看电影的事，特别是她总会想起他们走在去电影院的路上踢起沙子的沙沙声。

红天天来厂里上班，工人们把麻运进来，红他们把麻变成一摞一摞麻袋，然后又有人把麻袋运走。时间就在一批又一批的麻变成了麻袋的过程中过去了。红也成了一个大女人。但红还没有结婚。红曾经和几个男人处过，但一直没有成，有的是她的原因，有的是别人的原因。红的同学们同事们的喜粮都一个一个地吃过了，红还是单身一人。

十多年过去了，红已经成了一个近三十岁的女人。红在一切都发生变化的时候，有一点没有变，就是红一直还戴着那块手表。有人说红你换一块手表吧。红就看看那块手表。红就说，就这样吧，戴什么又不是不一样？红也不知道自己是懒得换还是别的什么原因。

有好多事情她其实已经忘记了。

有一天红正在上着班，有人喊红接电话。

这么多年了，红很少接到电话。只是有一次，中学时的同学要聚会，给红打了一个电话。那是因为和红经常来往的一个同学正在家里生孩子，别人就给红打来了电话。要不那个同学就会到红的家里告诉红的，根本用不着打电话。

红不知道会是谁给自己打来电话。红走在路上还在想不是自己听错了就是接电话的人听错了。但电话旁边没人，红就硬着头皮接起了电话。电话确实是找红的。红听到了一个陌生的声音。

对方说你是红吗。

红就说我是红。

对方说一听你就是红。你的声音我永远忘不了。

可红却怎么也听不出对方是谁。红也不问。就等着对方把话说完自报家门。

我是齐子。电话的那头说。说完了那头停顿了一下。红一下子没有反应过来。她在那一刻脑子里好像空了。但只有一刻，她就想起来了。她不是直接想起了那个男孩。而是想起了和齐子一起走着去电影院的那些日子。

你好吗？电话里说。

红不知道该怎回答。红真的不知道自己好不好也不知道自己该朝电话说自己好还是不好。

你结婚了吗？对方说。

红一下没说话。

对方又说你不好说只要摇一下头或点一下头就行。我能感觉到。

红就摇了摇头。

过了好一会儿，齐子在电话里说晚上请你看电影好吗？

红没有光顾电影院已经好多年了。红也不知道，不光是她，其实这些年别人也很少光顾电影院了。电影院在岁月的流逝中已经很萧条了。

红见到了齐子。尽管岁月在齐子的脸上写下了太多的痕迹，但红还是从齐子的脸上看到了往日那个和自己一起走着去电影院看电影的男孩。

齐子还是在红的家门口等红的。但这一次他没有敲门。只是在那儿等着。红出来的时候两个人都愣了一下，然后就朝电影院走去。红几次抬头看齐子，但天太黑，看不清楚。红不知道岁月让这个过去的男孩现在的男人发生了什么变化。

他们还是顺着那一条路走。但那条路已经和从前不一样了。那条路已经拓宽了，而且也变成了柏油路。他们走在路上再不是沙沙声了，而是很坚硬的声音。那声音生硬生硬的，在无人的夜晚那声音显得很单调。

电影院门前没有人。而且没有电影。电影院看上去好久没有放电影了，电影院门前的广告牌很旧很旧了，上面是不知啥时候留下的电影宣传，是一些花花绿绿的宣传画，看上去也不太清晰了。在暗淡的路灯光下，电影院很像是一位上了年纪的老人，睡眠不好而又永远醒不来的样子。

红和齐子对视了一下。这一次红看的时间长了一点。齐子把目光移开了。

齐子说咱们走走吧。

他们就在无人的街上走。他们都不说朝哪儿走。就那么一直朝前走。他们走出了县城，走在了一条漆黑的土路上。那条小路上铺满了沙子，红又听到了以前两个人走在去电影院的路上时的沙沙声。他们走出了小城的清汤寡水，在小城的边缘转了好长时间。

……

齐子是突然扑向红的。齐子的眼睛一下一下地变红，但红注意不到，红还沉在往日的那沙沙声里。

齐子很粗暴地扑向红，红重重地摔在了地上。红不明白什么事情发生了。她的脑子那一刻一片空白。她想不清楚要发生什么事了，或许她就没有想什么事情要发生了。红摔在地上摔得全身都疼了，但她似乎没觉得，她那一刻感到以前从未有过的快意。红随着齐的动作左右扭动。红不知道自己为什么要动。但这激怒了齐子。齐子就使劲地掐红的脖子。红出不上气来。红就慢慢地不动了。

　　齐子没有剥红的衣服。而是上下左右胡乱地掏红的衣服兜。

　　齐子掏到了红刚刚领到的工资。红挣的工资不多，薄薄的几张，齐子捏着红的工资骂了一句什么。

　　红就躺在那儿。红手上的什么东西硬硬的碰了齐子的胳膊一下，齐子就用手摸红的胳膊，齐子摸到了那块表，他很贪婪地从红的手上摸下了那块手表。那一刻红想说一句什么，但没有说出来。

　　红的脑子慢慢地沉下去。

　　红在慢慢地闭上眼睛的时候还在想，齐子送给她表的那一天电影院演的电影好像叫《白莲花》，因为他们没有进去看，所以红不知道《白莲花》是说的一个名字叫作白莲花的女人的事，并不是关于白莲花的。

　　红的眼前就有一朵白色的莲花云一样在脑子里飘……

离婚准备

终于有一天，云对桂说：咱们离婚吧。

离吧。桂说。

他们都说得很自然，好像这事儿按程度编排到了今天就该进行了一样，好像以前的所有日日夜夜都是为这件事做铺垫似的。

说过了，他们互相看了一眼，然后又各自忙各自的事情了。他们的事总是很多。

冬天眼看就要到了，家里过冬的菜还没有准备好。冬天是漫长的，总得早早准备好一冬的东西，比如菜，这些年虽然不缺菜了，菜铺里随时都能买到，但已经养成习惯了，总是要在冬天还没有到来的时候备下一些。过了这一段时间，菜就要贵了。

今年的菜价本来就贵，下了一年雨，庄稼光长苗不结籽，土豆的苗长得倒是让人心亮，土里的土豆却是又白又嫩又小，还容易烂掉。所以街上的土豆贵得跟苹果都快差不多了。可漫长的冬日人们总还得削了土豆烩着吃，谁也不会去烩苹果。

云总是把这些事放在心上，有时候烦透了，就总想让自己把这些事情忘掉，但连她自己都清楚那是绝对不可能的事情。早晨赌气不去干的事，到了中午就耐不住了。想想那菜价要是在一个上午之后突然涨了价，那不是自己作弄自己吗？这年月的钱，真是太不金贵了，简直跟纸差不了多少，没准哪一天就要出一千元的大面额票票了。

女儿佳丽的毛衣还没有打起来，天说冷就冷了，现在早晨出了院子，手都有些显冷了。女儿的毛衣还是前年织的，去年就显得小了，孩子家长得快，今年穿上恐怕吊在半腰了，得尽快打起来。这些年自己打毛衣的人不多了，但云还是自己打，她觉得自己打的毛衣货真价实，穿在身上舒坦。还有桂的衣服，脏得就像刚从牛身上剥下来的皮，还每天穿着去上班，机关单位不同寻常，让人见了总觉得他邋遢，谁还能看得起，不是云硬逼着他脱下来，他还不知道要穿到牛年马月哩！要是过去，云早就开始数落桂了，可自从说完那句话后，云的心情就平静了许多，云觉得似乎完成了一种什么仪式，又好像觉得还有许多细节需要在有限的日子里不断完善。桂说，云，你辛苦了，歇着吧。桂的语气柔柔的，不是他以前的风格，这让云差一点就流出泪来。

以前，桂不是这样的。桂每次回家总是匆匆，仿佛家只是一个加油站，在缺油的时候把车开进来，加足油后就一溜烟地走了。他很少想到要和云说些啥。其实在刚结婚的那会儿他们也是很浪漫很温馨的，但时间久了，那曾经的一切在无形之中就消失了，仿佛被岁月的铲子一点一点地刮去了似的。

桂单位里的事确实很多，他总是觉得忙也忙不完，于是就不分昼夜地忙。桂是一个责任心很强的人，他不愿意让人们说三道四。

在桂待的科室里，总共有五个人，说起来算绰绰有余了，可有些事情不能用正常的眼光去衡量，在这一点上，桂颇有感触。　个是科长，科长一般干些面上的事，家里又有有病的妻子，隔三岔五就得上医院，好像市里的各大医院都住遍了；老家的父母亲年纪也大了，时常都得照应着。桂总感觉科长会在某一个大风天里像杂草一样被吹倒，这样的感觉让桂从心底同情科长。桂总觉得这个世界似乎有啥对不起科长的地方，需要他桂去弥补。还有两位同事，年纪都比较大了，等着退休。平时在科里张嘴闭嘴为革命苦干了一辈子，早该享清福了，可人事科长动员提前退休，他们又说想踢我们走怎么的，说啥也得坚持到最后一刻钟。家里有事的时候，或者有风有雨的天气，他们就待在家里，没事的时候就来办公室看报喝茶说风凉话。比如回顾回顾逝去的美好年华，骂一骂当今社会和年轻人，走的时候把办公室角角落落的废旧书报搜寻出来，捆上小卷带回家，很有成就感地离开，好像只有这样才能说明这一天没白过似的。

说起来也不容易，活了一辈子，折腾了一辈子，最终也没有混出个啥，谁敢保证自己到了那个时候心里就能平衡得了？不过即使混出个啥了又能是个啥？桂有时候在感叹两位老同事的时候就开始感叹人生了。

另一位是女的，原来是单位的收发员，前年一位副局长的亲戚从一个亏损的工厂调进来干了收发，她没事可干单位就安排她到桂他们科里了。四十几岁的女人了，还能图个啥？整日里坐在那儿打毛衣，仿佛有打不完的毛衣，桂想她总能开个毛衣店了，只是不知道她的毛衣能不能卖出去。有一段时间，桂发现她总在打绿色的毛衣，于是他发现了，原来她一直打的是同一件毛衣，打了拆，拆了又打，好像是跟那一堆绿色的毛线较劲。科里有了事，她总会说：男人们不干谁干，难道叫女人们干吗？那这个世界上还要男人们干什么？说完了便气愤不已，肚子还很有节奏地上下起伏。这个女人的男人好像是某一个地方的领导，一年四季在外，女人原本可以不来上班的，但男人不在家，孩子又在外地上学，一个人待在家里对着空墙较劲，还不如来单位跟一群男同事们较劲好呢。

桂终于还是请了假。

桂在突然的某一天觉得，自己整日忙忙碌碌的，原来有许多该做的事竟没做。想想机会已经不多，桂的心底就生出从没有过的遗憾。

桂首先想到了去商店。其实桂不喜欢去商店，而且以前也很少去。一走到挪来挤去的人群中间，桂就觉得头大了，脑子也开始发晕。和云谈对象那阵子，两个人见了面没地方去，就一个一个地转商店，让桂像是受刑一样难受。有一次桂终于鼓起勇气对云说，咱们别转商店了，一转商店我就头晕。桂说得很低，但云听到了。云说是吗，你怎么不早说？从此以后他们就很少再去商店转了。坐在公园的木凳子上，他们有一句没一句地说着话，当夕阳洒下来的时候，他们就被那种灿烂染出来了，从此以后桂就对晚霞产生了很深刻的印象。

但是桂还是决定去一趟商店。

算起来结婚这么些年，他竟没有主动为云买过一点儿东西，哪怕是很小很小的一点东西，而他自己的东西则总是云在最恰当的时候为他准备好了。云曾经和桂说起她们单位谁谁谁的丈夫从省城又给女人捎回一串项链，谁谁谁的丈夫从北京又给她买了一块围巾。云说的时候，桂没有往深里想，他认为那只是云随便说说而已，就像说其他的任何一句话一样。

在琳琅满目的衣服架前，桂觉得眼花缭乱，他拿不定主意该买哪件，他不知道女人们正时兴穿啥衣服，也不清楚云喜欢哪一种颜色。

真是一个失职的丈夫。桂在心底对自己说。

想想云的衣服似乎大多数都偏黄色的，桂最后买了一件黄色的棉大衣。冬天就要到了，云的单位离家比较远，每天骑自行车上班得走二十多分钟，自己以前从来也没有问过她上班路上冷不冷。

云的话也不多了，她每天赶着去学校上课，上完课又赶着回家做事。学校课不算多，所以在家里待的时间就相对多了点。以前在一大堆家务面前，她总觉得心烦得不行，时不时发发牢骚，而且总是挑桂不爱听的话说，见桂气不打一处来的样子，她的心里就会多少产生出一些快感来。

其实桂也不容易，男人总得照应外头的事，尤其是单位的杂事烦事。云突然产生了这样的想法，这样的想法她已经很久没有过了。云还有许多事情要做，冬天的菜买了，女儿的毛衣打了，桂的衣服洗了，可还有被子需要拆洗，被子已经好长时间没有拆洗了，要是分开了，自己的好说，桂的不定要脏到啥程度，他那样的懒人，脏透了也想不到去拆拆洗洗。

看看桂为自己买的衣服，云觉得有些老气，而且冬天骑自行车穿也不方便，可心里还是暖暖的。说那句以前，她准备了好长时间，心里翻了无数个个儿，认为实在是非离婚不可了，可现在却又有些后悔了。其实想一想桂对自己还是不错的，自己以前对他似乎也过分了点儿。

几天里，桂一直没去上班。他把家里的碎活清理了清理，又忙着修改云的一篇论文，这是云准备升报职称用的，前几个月云就让他给看看，可他一直也没看。关于职称的事，云已经很亏了，本来早就应该上了，可是单位名额少争得人多，要是再拖下去，就更对不起云了。如果以后分开了，自己还能为云做些什么？

两个人都各忙各的，默默地，很少说话。偶尔目光碰到了一起，就相互笑笑。似乎什么也没有发生过，又似乎什么都在不知不觉中变了。两个人心里都很清楚，有许多东西正悄没声息地从他们的身边溜走。

给文文过个生日吧。桂对云说。文文是他们的女儿。女儿出生以来，他们还没有给她好好过个生日。小的时候没啥，懂了事以后，看着别人家热热闹闹为孩子过生日，女儿心里总不是滋味，虽然她从来没有闹过。记得去年他去省城出差，女儿在电话里问他那天是什么日子，他想了半天也没有想出来，最后女儿告诉他那天是她的生日，女儿的话里包含的失望让他好一阵内疚。以后还能在一起为女儿过生日吗？想想这些，桂的心底就有凉凉的风吹过。

文文的生日还早呢，是腊月二十，你连这都忘了？云说。要是以前，云早就数落开桂了。一个爸爸竟然记不住女儿的生日，可是现在没。说时候的时候，云的语气加重了些，她是想让桂记住。

"提前过吧，你说呢？"桂怔怔地看着云。

"好吧，也该给她好好过个生日了。"云看着一个什么地方说。

说完了，两个人对望了一下，就那一下，同时从对方的眼中看到了一种说不出来的东西。

文文的生日是在饭店过的，他们要了很丰盛的饭菜。以前他们从来没有这么奢侈过。

在饭桌上，文文很高兴，她正处在容易高兴的年龄，特别是面对好大好大的生日蛋糕，她看看身旁的爸爸妈妈，脸上的幸福和喜悦就水一样往出溢。

"是爸爸好还是妈妈好？"桂问。

"妈妈。"文文说完了看看云又看看桂，见桂的脸上显出失落的神情，就又说，"爸爸也好。"

桂摸了摸文文的头。

云忙着点蜡烛让文文吹。十二支蜡烛齐齐地插在了蛋糕上，红的、黄的、粉的、绿的……五颜六色的蜡烛点着后显得特别好看。

"时间可过得真是快啊！"云说。

桂点点头。他发现了云脸上隐隐约约的皱纹。"你辛苦了，这些年。"桂说。

"你的头上也有了白发。其实还不老呢！"云说。说完了，云就扭了头朝着窗外看。

"人其实都活得不容易哩。"桂说完了又问文文，"要是爸爸和妈妈分开了，你跟谁呢？"桂一开始不想问，但还是问了。

"既跟爸爸，也跟妈妈。"文文说。文文还听不出桂话里的意思。

桂抬起头，发现了云眼里的泪。

走在去离婚登记处的路上，两个人都懒懒的。他们谁也不说话，仿佛怕说出来的话把什么捅破似的。他们走得很慢。

从家里出来的时候，桂说骑车子吧，云说算了，就步行吧，反正也不算太远。于是他们就顺着大街旁的树荫往前走，树的影子浓浓淡淡地不时落在他们的身上。婚姻登记处离他们住的地方估计有五六里的路程，他们就那么散散地往前走着。

"买支雪糕吧。"走了一会儿，桂说。

"算啦，凉生生的，你的肚子又不太好。"云说。

两个人的脚步有一搭没一搭地响着，踩碎了撒落在地上的阳光，也把树的影子踩碎了。

"我们……"过了好一会儿，桂突然说，"我们……去公园走走哇！"

云站住了，怔怔地看着桂。在他们站的路边，就是市里最大的一个公园。

云的目光从桂的脸上移开，久久地看着远处，好久好久，她说："我们忘了带文文了。"云的声音很低，但桂却听得真真切切。

"我回去接。"桂的话里明显就有了高兴的味道。

"我也回去接吧。"云也说。

于是他们就往回走，这一次分明是走得快了。

儿 子

一

儿子站在这个城市的一条繁华街道的人行道上。

儿子一直站在那儿看着过往的人群。街道上人来人往的，人们大多专注于赶路，坐着汽车、骑着自行车或者走着，汽车、自行车和脚步都匆匆忙忙的，走过这段路，在不远处的一个十字路口朝着不同的方向消失了。

偶尔有停下来的，儿子就赶紧走过去，急切地跟人家说着什么，也有听他说上几句话的，但大多数人看看他再看看他胸前的牌子，就又走开了。儿子胸前的牌子上写着几个字：做家教。

儿子在城市东边的一个师范学校里上学，每周课不多，上完了该上的课，儿子就坐 29 路公共汽车在东关下车，再转 17 路公共汽车到这里来了。儿子是想做一份家教，挣点儿钱。儿子早就想挣点儿钱了，他在学校附近的饭店里洗过碗、端过盘子，也在网吧里打扫过卫生。在网吧里上网的，都是跟自己一样的学生，有的只是来玩玩，有的一上就是一天，儿子不，儿子和那些来网吧打发时光的人不同，他是想来挣钱。做来做去，儿子还是觉得找个家教好，那样既省些时间，收入也还是稍微好一些。学校里有好多家庭困难的学生做着家教，在固定的时间里，上门给上学的孩子们辅导，按时间算报酬，学校的课也不会误了。

挨着这条路的，是市里的一个公园。夏天到来的时候，绿树红花把公园装点得格外好看，一群一伙的年轻人穿行在公园里，谈情说爱，聚会游玩，他们的笑声经常会很响亮地传到儿子的耳朵里。可儿子没有那个心情。他更希望有一个人在他的跟前站下来，然后对他说：我要你去我家做家教。

儿子其实也进过一次公园。那一次儿子从早晨出来，已经在那儿等了将近一个上午了，不说有人过来问问，连一个人朝他看一眼都没有。儿子失望到了极点，就想是不是自己长得太恐怖了，或者是不是人们知道了自己这个学期期中考试的成绩不好。这个学期儿子一直心神不定的样子，上课的时候精神都无法集中，期中考试数学课就只考了 60 分。儿子不停地告诉自己，你不应该这样，你不应该这样，可是没有办法。好几次在没人的地方，儿子用拳头狠狠地捶自己的头，可是那又怎么样呢，有一个愿望一直萦绕在他的心头，让他好多个夜晚彻夜难眠。

儿子突然之间有些绝望，他看着人们从北面走过来又走到南面的某个方向，就感觉铺在地上的阳光跟他心底的绝望一样一直扩散。他朝着地上的阳光跺了跺脚，他希望那样自己的心里会好受一些。但阳光依然不停地扩散着，他知道他根本改变不了阳光也改变不了他正在扩散的绝望。儿子取下身上的牌子，提起放在地上的包，在路上又站了一会儿，就朝着公园的大门走去。儿子走着，感觉到了背后的阳光嘲笑自己的声音，他捂住了自己的耳朵。

公园的名字叫儿童公园，里面有过山车、碰碰车、海盗船等游

走着去一个叫
电影院的地方

乐设施，来这里玩的儿童很多，他们大多是父母领着来的，一走进公园他们就脱离了父母，东跑跑，西看看，看到什么稀奇的东西，老远就喊爸爸妈妈，大人们就高声应着，朝着孩子的方向快速走去。儿子坐在公园的一棵树下，漫无目标地看着。树冠很大，投下一大片阴影，那些远远近近的花们，开得灿烂极了。儿子感觉它们仍然在不停歇地开着，要把公园撑得满满的样子。坐在阴影里，儿子感觉那些树们并没能让他感觉更凉快，远处的阳光闪闪发着光，有一丝阳光从树缝里透进来，都刺痛了他的眼睛，他听到了"沙沙沙沙"的声音，那是阳光从四面八方正围拢过来的声音。儿子出了一身冷汗。

"爸爸，我要吃冰激凌。"在不远处一个男孩子跟他爸爸说。

"不能吃了，你已经吃第三个了。会着凉了。"

"不嘛，我要吃。我要吃、我要吃、我要吃……"孩子撒着娇，声音拖得老长老长的。

儿子听着他们的话，一直没敢抬起头来，他怕看到那个被儿子称作"爸爸"的人，他努力想远离这个词，然而这个词却一直树桩子一样长在他的心的某个地方，让他的心好疼好疼。

二

朦朦胧胧中，儿子记得他的爸爸是在一个早晨走的，那时候他还在被窝里钻着。爸爸在他的身边站了一会儿，好像还揪了揪他的被子，跟他说了句什么话。那是儿子很小很小的时候了，那以后儿子就再也没有见到过爸爸。儿子渴望见到自己的爸爸，可是母亲总是说爸爸出去了。"你爸爸充军去了！"母亲总这样说。儿子还小，儿子还不知道在当地这是一句骂人的话。儿子总在想爸爸允军的那个地方肯定很远很远，爸爸可能一直走在回家的路上。儿子过一会儿又想，爸爸去的那个地方是不是很近，就在村子前边一个长满了树的地方。儿子想走到那个长着树的地方去，但他怕那里会跑出一种叫"怕怕"的东西来，儿子自己一个人一走出家门，母亲就会说一个人出来就会碰到"怕怕"，儿子不知道"怕怕"是啥东西，但儿子看见母亲的脸色就知道，"怕怕"肯定很可怕。儿子想着想着，就不再想了，儿子有许多的事要做，比如看院子里的那些蚂蚁是怎么样把一只虫子搬到洞里去的。

儿子有好多次在梦里见到了爸爸，他梦到爸爸正从院子的大门外边走进来，他已经看到了爸爸的影子，但每次当爸爸快要走进家的时候，他就醒了。他曾悄悄地走出去，那个院子里空空的，根本没有爸爸的影子。回到家里，他想再走进那个梦里，可是却怎么也走不进去。儿子经常会梦到爸爸，可他从来都没有看清过爸爸的脸，每一次他梦到的都是一个模糊的影子。

儿子多么渴望看到那个人真切的面孔啊，可是那个人每次都是模糊地出现在儿子的梦里。

"爸爸什么时候回来呀？"儿子问妈妈。

"过一段时间吧。"

"过多长时间？"

"或许不久以后，或许很久吧。"

家里经常会有陌生的男人来，儿子很小的时候就来，儿子大了还来，但那些人都不是他的爸爸。那些人和母亲做出一些什么动作，儿子的心恨恨的。儿子就更加想见到自己的爸爸了。

"爸爸还不回来吗？"过一段时间儿子又问。

"你问我我问谁啊？你爸爸死了！"母亲生气了，母亲一生气儿子就不说话了。他一遍一遍地想着母亲的话，也想着那个别人家都有的"爸爸"。儿子画了许多张"爸爸"，儿子一没事的时候，就画。儿子开始照着李小杰的爸爸画，李小杰家住在隔壁，每天出出进进的，都能见到，儿子觉得爸爸都是那个样子的。鼻子大大的，眼睛小小的，头发朝一边偏着。

但儿子长大了，儿子急切地想见到那个人的愿望越来越强烈。他总觉得对于那个自己叫"爸爸"的人在母亲的心里一直是个秘密，母亲不跟他说，母亲只是尽量掩盖着什么。但什么事情能让一个越来越大的人消除想见到爸爸的渴望呢？

三

母亲有时候会收到钱。那是从很远的地方寄来的。有时候还有信。母亲收到信和钱的时候，脸上的表情总是很复杂。这时候，儿子就不敢离母亲太近，母亲在这时候会拿儿子出气。母亲先是神经质地撕开信，其实信里的内容母亲是知道的，每一次大致都是一样的。母亲撕开了信有时候看一眼，有时候看都不看，就顺手扔到垃圾桶里。母亲的仇恨也会随着那一扔重重地扔出去。好几次母亲把汇款单都一起扔了出去，但最后还是从垃圾桶里捡了回来。要是儿子正好在跟前，母亲就会瞪着儿子，歇斯底里地说一些儿子根本无法理解的话，母亲一说起来就没有完，母亲说话的时候，表情十分丰富，感觉把内心所有的东西都一下子搬到脸上来了。这个时候，儿子就该倒霉了。他站在那儿，走也不是，在也不是。母亲看着他的那个样子，更生气了，她会把一些很不好听的话一股脑儿地扔出来，恶狠狠地砸向儿子，似乎这样才解气一样。儿子承受着母亲的折磨，也感受着母亲的忧伤。儿子小的时候不懂，只是怕，有时候也会有点恨。在他小学几年级的时候，曾站在离家很远的地方，一直站到深夜，那一刻，他想朝着一个方向一直走下去，或者一直站在黑夜里，永远不回去。他想以这样的方式让自己摆脱什么，当然更重要的是想离开母亲，让她难受。站到很晚的时候，他听到了母亲声嘶力竭的声音，母亲的声音历历的、尖尖的，把夜都划开了一条长长的缝子。但儿子不管，儿子的心底生出了一种似乎是胜利了一样的情绪。直到听到了母亲的哭声，有些绝望的哭声，儿子的心开始变得柔软，他也哭了。他就从黑夜里走出来，一步一步朝着家门走去。

儿子渐渐地知道了，给母亲写信的是一个男人。那个男人就是自己的爸爸。

有意识地，儿子记下了那个地址。

四

儿子一直做着准备。他急切地想去见那个人，他有时候想，那个人是不是也想见他呢，他毕竟是他的儿子啊。他是不是也像李小杰的爸爸一样，李小杰的爸爸对李小杰又疼又爱的，有一次李小杰跟他爸爸要一件运动衣，可能是买的不太满意，李小杰一直生气，好几天不跟他爸爸说话，让他爸爸那么大一个人抓耳挠腮的，不知道该怎办才好，最后又到街上重新买了一件。儿子想，他绝对不会那样的，只要爸爸摸摸他的头，他就会笑出声来。他好像还从来没有真正感受过一个叫"爸爸"的男人的体温，哪怕只是在头上轻轻地用手摸一摸。想到这儿，儿子感觉正有一双手一下一下地摸着他的头，那么轻柔但又那么有力量，儿子没有笑出声来，而是哭了。

儿子放弃了休息时间，寻找做家教的机会，也是为了去见那个他一直想见的人啊。他不想让母亲知道，所以他一直自己攒钱。他怕听到母亲的牢骚，尤其是说到"那个人"。

似乎是做好了准备，似乎是有些等不及了。那一天，儿子踏上了去那个城市的列车。在"咣当咣当"的列车声中，儿子似睡似醒。他一阵子看见车上走着的人都是一些陌生的人，他感觉自己醒着。

过一阵子，他又感觉车上的人的影子模模糊糊的，都像是那个他叫"爸爸"的人，他似乎又是在梦里。"爸爸——"儿子嘴里忍不住就叫出了声，眼泪也不知不觉就流出来，爬满了他的脸庞。

旁边的一个人一直看着他，儿子觉出自己的失态，朝着那个人笑了笑。

儿子在那个小区转了好长时间。

儿子急切地想到这个地方，到了这个地方，心底又特别忐忑。

坐在小区的水池边上，儿子看着来来往往的人，有男人有女人。儿子感觉那些男人都像是他要找的人，但随即摇了摇头。有的人很老很老了，似乎不可能是自己的爸爸；有的人还很年轻，显然他叫人家"爸爸"有点不合适。儿子想到这儿，自嘲地笑了笑。还有一些又瘦又小、长得有点对不起人的男人，儿子觉得不应该是他要找得人，他觉得他要找的人肯定又高又大而且长得像电影明星。儿子自己就又高又大，班里的女生都说他长得很像一个正在声名鹊起的男演员。

"该说什么呢？"儿子在想他见到自己的"爸爸"说的第一顺话。

"先就喊一声爸爸？"儿子这样想着，嘴动了动，可是什么也没有说出来。见了一个生人，一下子叫"爸爸"还真是有点为难。

"直接扑上去拥抱？"儿子摇了摇头。儿子想不出一个更好的办法，儿子一下子不知道该怎么去面对即将出现的场面，他都有点后悔自己的这次行动了。

不知道是怎么走上楼的，儿子在心里一直骂着自己没出息，但总共四层的楼梯确实让他上得很艰难，他的手心黏黏的，全是热热的汗水。他的身上似乎也出满了汗，身子热热的，他觉得自己似乎正在一点一点地蒸发……

门开了。从门缝挤出一个陌生的面孔，是一个男人的面孔。

"你找谁？"

他看着那个面孔，他说不出话来。

"你找谁？"那个面孔又问，开始有点不耐烦。

"我找周一红。"儿子终于说，他差点说出"我找爸爸"来。

门缝大了点。男人的面孔也大了起来。

"你是谁？"男人一直盯着儿子看。

"我是周蓝。"儿子说出了他的大名。见男人眼睛睁得大大的，他又说："我的小名叫毛毛。"

男人终于把门大开了，他看着儿子，一脸惊愕的表情。

"他是我爸爸。"儿子说，"我一直就想来找他了，我很想他，真的。"儿子是一口气着说下来的，儿子怕中间停下来，就再说不出口。

男人看着儿子，一直看一直看，过了好长一会儿，男人从嘴里挤出了一句话："你走吧，你走吧，你妈那个样子，至今我都确定不了你是不是我的儿子！"

电　话

　　局长过来找科长，科长不在。

　　局长就让小刘给科长打个电话，让科长到他办公室找他。

　　局长走后，小刘拿起电话就拨了那个号码。那是科长家的号码。电话"嘟嘟嘟嘟"响了几声，不一会儿有人拿起了电话，小刘听见那个女人"喂喂"的声音，刚"啊"了一声就放下了。接电话的是科长的爱人。放下了电话，小刘的心还跳得咚咚咚咚的。

　　小刘一边心跳一边问自己，我怎么就忘了呢？我怎么就忘了呢？小刘连出气的声音都变得急促了。

　　小刘是刚分配来机关不久的大学生。机关的一切对她来说都是新的。

　　小刘分配来的时候，科里只有科长一个人，以前科里还有一个人，不久前提拔当了另外一个科的副科长。科长就成了光杆司令。科长光杆司令当的时间不长，小刘就分配来了。小刘第一次上班的时候，科长说，这一下办公室增加了新鲜血液，小刘听了科长的话，就有一股子血液顺着脖子上了脸上，小刘的脸就变得红红的，小刘的红红的脸就让办公室有了生机。

　　小刘来的时间不长，单位的事也不太多，她基本上就成了办公室的一个守摊子的。科长是老科长了，还有别的打算，以前剩自己一个人的时候走不开，小刘来了以后，他就不常在办公室了。科长告诉了小刘他家里的电话和自己的传呼，让她有事的时候就给他家里打电话。小刘就常给科长家打电话。

　　小刘没有想她常给科长家打电话有什么不正常。

　　可有人觉得不正常了。那就是科长的老婆。

　　小刘打到科长家里的电话一般是科长老婆先接到的。科长老婆总听到一个年轻的很好听的女声给科长打电话。科长的老婆的心里就不好受。科长的老婆心里就有了想法。

　　科长老婆心里有了想法后，再接小刘电话的时候的语气就变得硬硬的了。有时候放电话的时候都是狠狠的，就像是摔下的。有好几次，小刘打去电话，对方一听是小刘的声音，连话都没说就把电话搁下了，弄得小刘不知道出了什么事情。她就总想，科长的老婆怎么是这样的？

　　单位里的人也觉得不正常了。单位里的人觉得不正常的时候，一般不和当事人说，而是私下里聚在一起蚊子的声音一样说，说完了就都笑，说的声音很低，但笑的声音却很高。小刘这样的情况碰到过几次，她不知道人们在笑什么，但她总觉得人们的笑好像和她有关。小刘这只是个预感，她不知道别人的笑为什么和她有关，但她似乎看出了那笑里的说不尽的内容。

　　终于有一天，一位和小刘处得不错的同事对小刘说，有事最好在单位说就行了，常往人家家里打电话不好。

　　为什么常往科长家里打电话不行，这不是科长让打得吗？这不是为了工作吗？小刘想不通这个问题，就一直在想。

　　因为我们是女人。那位同事看着小刘不解的样子，最后又说，好像是给小刘一个答案似的。

因为我们是女人。小刘就在一个人的时候常常细品这一句话，慢慢地也就品出了一点味儿。

小刘就也慢慢地觉出自己傻了，她就想原来单位的人们在一直笑自己的傻呢。小刘就成熟了许多。

当时科长告诉小刘家里电话号码和传呼的时候，小刘只记住了电话，她想还是打电话好一些，直接打直接说，不像传呼那样麻烦。所以她并没有记住科长的传呼。

局长来过之后，小刘就不自觉地又拨了科长家的电话，当她听到科长老婆的声音时候，突然就想起了什么，她就放下了。她下过决心不再给科长家打电话的。

打过去本来就错了，再放下就更让科长老婆起疑心了，因为科长老婆听到了小刘的声音。这以前小刘好长时间没给科长家打电话了。

以前常打电话，科长老婆觉得不正常，一个女人常给一个男人打电话干什么。她的心里就疑疑惑惑的。她就总想朝着电话里的女人吐唾沫。小刘悟到什么以后就有意识地不给科长家打电话了。

好久接不到小刘打的电话了，科长老婆疑心更大了。好啊，不打电话了，说明已经到了一定程度了，用不着打电话了。科长的老婆就让那看不见的阴影折磨着，比以前常听到电话时的难受更难受。

打来了电话，又放下了，这是什么意思？科长老婆就一遍一遍地在心里想：在单位混了还不行，人还没有回来，就想得不行了，还要电话紧追着打过来。

听到是我接电话，就放了。没有鬼，怕什么？科长老婆就不断地想。

科长老婆想着，科长回来了。科长是去市委忙当副局长的事了。

科长老婆就婊子贱货地骂。科长老婆就淫男贱女地骂。科长就从老婆的骂里断断续续地听出了事情的原委。

科长说我去了市委，我又没去单位。科长老婆还骂，科长老婆说脚长在各人的身下，去哪不去哪是各人的事；嘴长在各人的脸上，想怎说怎说。想干啥还愁吗？人不要脸了想干啥还不是很随便的事。科长知道解释也解释不清楚，也就任老婆去骂，自己一概不说话。科长老婆就认为她句句都说在了点子上。她就认为科长理亏了还能有话说吗。

第二天，科长到了单位脸就黄黄的。也不说话也不干啥，只一个劲地望窗外的天。

小刘也不说啥，很没意思地翻看一本过了期的旧杂志。

小刘——

科长——

突然两个人同时说了话。

科长说小刘你有啥话就说吧。

小刘说科长你有啥话就说吧。

两个人倒又都没话说了。

小刘去了一趟科长的家，小刘是趁科长去外地开会的时候去的。小刘原来是要去和科长老婆说点什么的，小刘想我们本来是没有什么的。

可小刘又去错了。

科长老婆自从怀疑科长和小刘有事以后，回了家没事干的时候就总在镜子前看自己的脸，科长老婆总是看到自己脸上逐渐增多的黑色和越来越深的线。

科长老婆在照镜子的时候就一遍又一遍地说：婊子，婊子。科长老婆自然不是说自己，是在说小刘。

小刘把一个清亮有朝气的小刘展示在了科长老婆的面前。小刘的这一行动起了打气筒的作用，无形中给科长老婆的肚里又装满了气。

小刘敲开科长家门的时候，科长老婆愣了一下就猜到了门外的这个人是谁。科长老婆心底就产生了一种想法，科长老婆就想，单位没混够，又到家来了。那一刻科长老婆满脸的肉都在晃动。

　　小刘本来是想向科长老婆解释什么的，可话还没有说就被科长老婆打了出来。小刘在肚子里打了好长时间的腹稿一时间也变成了科长老婆的唾沫星子。

　　不久以后，小刘主动和局长要求去了另一个不太好的科室，局长征求科长的意见，科长什么也没说，只不置可否地点了点头。

　　这以后小刘总是把办公桌上的电话放得离自己远远的，好像离电话近了电话会咬她似的。

就是一个屁戳儿

一

在古城文化界，郭天一是一顶一的名人。

这不是因为郭天一貌若天仙，追者云集，乃至绯闻不断。不是的，论起来，郭天一还没有这个资本。

郭天一就一老男人，头顶荒芜，满脸山包，在男人里也只能算是个下三等。

郭天一有名，是因为他的画。郭天一的画，跟他的脸一样，很是沧桑。因了这沧桑，郭天一的画显得与众不同。用古城人的话说，郭老的画"一堵墙二万五，加个墩子没法估"。这当然是从价格上说的。

这是真话。郭天一不画别的，就画长城。全国过去的、现在的画家数不胜数，有专门画虎的，有专门画虾的，还有专门画花鸟的，专门画长城的还不多。但郭天一就画长城，他画那堵叫"长城"的残垣断壁，画那些灰不溜丢一站多年的墩子，画长城边上的那些让岁月都显得无奈的破瓦烂砖。高兴了，顶多再加上一个残缺不全的夕阳和一堆零乱的羊粪蛋儿。

长城就在古城的北面，歪歪扭扭、破烂不堪，让这里刮过的风都沧桑而老气了。杂草长在长城边上，夏天该绿着的时候，也显得灰绿灰绿的，没有鲜气；秋冬天，则灰黄灰黄的，风一吹，就哼一种凄凄凉凉的调子，把几百年几千年的沧桑都哼尽了的样子。

有一个人，也在哼，哼着哼着，那调调就跟杂草哼出来的调调和上了。也似乎，根本就不是他哼出来的，而是他头顶上那几根有气无力的草一样的头发哼出来的。

那当然是郭天一。郭天一大多数时间，就守在长城边上。有很多时候，郭天一干脆把自己当成了长城边上的一堆羊粪蛋。

在古城的圈子里，人们把郭天一的画，叫大墙。把买郭天一的画，叫买墙。

"知道大墙吗？"

"知道。"

"想弄一截，啥价？"

"光墙吗？"

"啊？"

"分好几种呢。一种是光墙，一幅二万五；一种是加了东西的，这就看你要加啥了。"

"还能加啥？"

"墩子呗。当然，还有别的，比如杂草，比如夕阳。据说卖的最贵的一幅，上面多了一堆羊粪蛋。"

"一堵墙两万五，外加墩子没法估。"

行里行外，也就有了这样一句顺口溜。

二

早些年，郭天一的画一般是不卖的。当然，即使他想卖，也未必能卖得出去。

"那都是我的孩子，我的孩子我会卖吗？"郭天一看着自己的画，郭天一看着，就真的像是在看自己的孩子。郭天一一直生产着自己的孩子，一间屋子都快放不下了。

郭天一从一个师范大学的美术系毕业后，就分配在了古城的群众艺术馆。工资是固定的，不多，但稳定。如果没有什么特殊的需求，生活还是可以维持下去的。单位的事也不多，大多是搞艺术的，有搞美术的，也有搞音乐的。单位本就是个闲散性质的单位，偶尔到单位转转，工资就领了。所以大多数的人，在外边都是另有自己的事业的。于郭天一来说，他不图腾达，也不图显贵，只想安安静静地坐在长城的边上，让风把头发吹起来，让夕阳把影子印在地上，安安静静地生产自己的"孩子"。

生产自己"孩子"的时候，郭天一也成了一个孩子。

这样的日子是过了一段时间的。

郭天一成了家，有了孩子。老婆也是有工作的，没有孩子前，两个人的工资，应付生活绰绰有余了。郭天一除了到单位转转，就到长城边上去生产自己的"孩子"。不久以后，他和老婆的真正的孩子出生了。慢慢地，随着孩子的成长，进幼儿园、上小学、上初中……事儿一件一件就来了。当然，都是琐事。琐事每一件都不算大，但每一件都很烦人。

琐事来了，就得解决。

郭天一家在很远很远的农村，能走出来已是他的造化了，自然在城里没有根基。

在古城参加工作后，他一门心思画画了，人脉关系也是很少的。

遇到了事，怎么办，都得钱呗！

老婆看着屋子里的画，想想，没说啥。过了几天，又看着屋子里的画，嘴动动，还是没说啥。

终于有一天，老婆说话了："老郭，要不卖一点画吧。你看，家里都快放不下了。"

郭天一正在想着什么，他看着老婆的嘴。他感觉老婆说了句什么话，但他没有意识到老婆究竟说了句什么话。

老婆又说："我是说，画这么多了，能卖就卖些吧，贴贴家用。你看老邱，人家就常卖画，日子过得真是不错呢！"

郭天一这一次听清了。

郭天一像挨了一个耳光。

老邱叫邱东明，也是个画画的。老邱专门画花鸟鱼虫、山水风光之类的东西。这类东西，要的人多，人们家里、办公室里图的是个热闹气，喜欢挂的，大多都是这样的一些东西。当然，只要有人要，老邱画什么都行，老邱把画画当成了挣钱的手段。

在古城美术界，跟郭天一往来的，大致也只有邱东明了。邱东明内心佩服着郭天一，所以经常来郭天一这儿转转。郭天一当然是看不上邱东明的，郭天一当面背后都把邱东明称为"油匠"。"油匠"是很早以前对村子里那些给人们画油布、刷围墙、油棺材的人的称呼。在美术界，如果一个人被人们说成了"油匠"，那就是说这个人水平很一般了。邱东明无所谓，邱东明常来看郭天一画画，而他自己仍然画了画卖钱。只要能卖了钱，让他怎么着都行。

邱东明在生活过得滋润的同时，慢慢地，竟然有名了。生活中真正懂画的人，能有几个？大多数的人都是跟风罢了。人们经常能够看到邱东明的画，人们在各种场合都能看到邱东明，邱东明就成了名人。名人有时候就是那些让人眼熟或者耳熟的人。

听老婆说起邱东明，郭天一还真是感觉到受了伤，他感觉真是很难受，但又说上来到底哪里难受。

郭天一就扔了画笔，坐在屋子里发呆。

老婆见状，什么也不敢再说了。

问题是，他们的孩子出了事。

三

一开始只是发烧，以为只是小感冒，拖拖就好了。慢慢发现，发烧一直不退。到诊所打了针，输了液。而且一直输了十多天液，仍然不见好转，孩子见了针头都有些怕了。诊所的人让去大医院看看。去了古城最大的医院，一查，说怕不是一般的病。不是一般的病，能是啥病，也就发个烧、感个冒，还能死了个人？

还真是有这种可能的。医生的话，让郭天一和他的老婆一下子惊呆了。

能有这么严重啊？郭天一想到自己从小发烧感冒也是常有的事，烧烧，在家里待几天，母亲给煮个鸡蛋吃吃，也就好了。长这么大他还从来没有为发烧感冒打过针、输过液。可是这孩子怎么一发烧就这么严重了呢？

古城离首都最近，人们有了什么当地看不了的病，就都要到首都去看。郭天一跟老婆商量了到首都医院去看看。首都医院确诊，是血液病。是什么血液病？基本确诊是白血病。郭天一听了还在发愣，郭天一真是对这种病还没有什么概念。但老婆听了，则一下子瘫在了那里。

孩子的病让家里的生活发生了变化。做完手术，一次次的化疗，各种各样叫不上名字的药，让没有积蓄的两口子感到了艰难。

"卖些画吧，老郭。"老婆想了好多天，终于把这句话说出了口。

郭天一其实也一直想着这个问题，他知道妻子迟早会提出这个问题的。妻子说出这样的话，也真是没有办法了。

郭天一没有说话。

郭天一望着天空发呆。

郭天一好几天待在屋子里看着他的"孩子"们，他根本没有想到他的这些"孩子"们会在某一天离开他。

对于这些"孩子"们，他都了如指掌。哪一个"孩子"有什么毛病，哪一个"孩子"是他最满意的，他心里清清楚楚。他不愿意去外面，他感觉在外面是陌生的。只有当他回到他的这个小屋子里，就感觉舒服了，也热闹了。他听到了他的这些"孩子"们喊他的声音，他听到它们互相争论的声音，他还能感觉到它们的痛苦和欢乐。他会分享它们的欢乐，也会安慰它们的痛苦。

那一夜，郭天一坐在小屋子里一夜未眠。那一夜小屋子里静得出奇，没有一个"孩子"发出声音来。

卖画，谈何容易。古城的人知道郭天一是画家，但见过郭天一画的人，还真是不多。况且，谁会买一个在美术界根本就不活跃的人的画呢？

他的孩子化疗还等着用钱呢！

郭天一愁眉不展。

四

破例，郭天一主动去找邱东明。

邱东明是个痛快人，郭天一虽然并不认可他的画，但在这一点上却是认可他的。

听郭天一说要卖画，邱东明瞪大了眼睛，这是邱东明想不到的。邱东明当然也不认可郭天一只画画不卖画的做法，在这一点上他更务实。他一直认为画画也是要让生活过得更好一点，人又能活多少年，能好好活一年就要好好活一年。那画，画出来既不示人，又不卖钱，画又有什么意义，还不如出去游山玩水、打牌聊天更舒坦一些。

郭天一说要卖画，而且还是他亲自找上门来的。邱东明就知道，郭天一肯定是有啥过不去的坎了。否则，他会卖他的"孩子"？

"你要卖你的'孩子'？"

郭天一点了点头。

"你能舍得你的'孩子'们？"

郭天一没说话，也没点头，他看着远处的一个什么地方，他不知道他该说什么。

邱东明不再多问，他知道郭天一可能有说不出来的东西。郭天一心里肯定是有说不出来的东西的。

邱东明答应帮郭天一联系卖画的事。

没过几天，邱东明就回话了。他说事情搞定了，画一下子出手好几张。

价钱，当然也不低。

郭天一当然不认为他的画只有那么个价值，但他也没有期望会卖多少钱。毕竟，在古城这个地方，这么多年来，他是默默无闻的。当邱东明把结果告诉了他，他多少还是有些意外。

"是谁买走了？"郭天一问邱东明，他很想知道他的"孩子"归了谁。

"这你就别问了。"邱东明告诉郭天一，画都是一个人买走的，可见那个人是真的喜欢他的画。

"我想知道。"郭天一坚决地说。

"等以后吧。"邱东明告诉郭天一，买画的人有一个小小的要求，就是让他不要告诉郭天一，既然答应了人家，就得守信。

话说到了这个份上，郭天一也就不问，反正是自己同意了要卖的，至于谁买走了，其实跟自己也没有多大的关系了。

卖画的钱解了郭天一夫妇的燃眉之急，他们的孩子得到了有效的救治。

但问题是，孩子得了那样的病，就像掉进了无底洞。郭天一的第一批卖画钱，不多久就花光了。他又找邱东明，这一次，邱东明卖画的速度更快，基本上没用等就给郭天一把钱送来了。

这以后，郭天一卖完了画也不再问了，他只接了钱，别的什么也不说。似乎是，为了他真正的孩子，他已经不太在意他的那些画"孩子"了。

郭天一的名气渐渐大起来了。人们知道了喜欢画长城的郭天一，也知道了他的画卖得很好，而且价位还不低。古城有许多画家，一辈子都卖不了一张画。更有甚者，每日里身上带的是自己的画，嘴上吹的是自己的画，反而越这样越不值钱。可郭天一，以前根本就很少有人知道，画作一出手，就有很好的效益，这是不可思议的。

不可思议往往能制造更大的轰动效应。郭天一跟他的画在古城美术界热了起来。

五

神秘的东西不会永远神秘。事情的真相其实一直离现实很近，只是没有捅破那一张薄薄的纸罢了。

一个同学从外地回到古城，请郭天一吃饭。要换在以前，郭天一未必就去。但郭天一是古城的名人了，自己不去显见得就有了架子。

说起这个同学来，他跟郭天一都是从古城出去到那所美术大学读书的，而且还是一个班。同学美术底子差，心思也不在这上面。

每次考试，理论课抄抄郭天一的；专业课，让别的同学代画一张，或者干脆把别人的练习之作拿来应付。郭天一原本以为，他这样做混不过去，但每一次却做得很顺利，郭天一都不知道他使用了什么魔法。

"你不知道吧？"那个同学跟郭天一说，郭天一点点头。"这就对了，我不是个画画的料，但我绝不是一个平庸的人。没准某一天，你还得靠我吃饭，信不？"

郭天一当然不相信，郭天一有他的专业，郭天一有他的能力，尽管他不知道同学指的是什么，但他想，他郭天一靠他郭天一吃饭。就这么简单。

到了地点，郭天一见邱东明也在。一进去，郭天一就感觉出来，邱东明跟自己的这个同学是很熟的。

大学毕业后，大家各奔东西，大多数人找了个安稳的工作单位上班了，但这个同学却开始了自己的另类生活。他先是做小生意，卖过水泥，倒过服装，都做得清汤寡水，没有起色。有一年北方雨多，古城周围的村子都是多年的土坯房，他瞅准这个机会，进了一大批油毡。看看雨下得不停，许多人家的房子都面临倒塌的危险，翻盖房子又来不及了，同学的油毡就派上了用场。一个夏天下来，竟就挣了不少。拿着第一桶金，这个同学在附近的一个县里包了两个煤窑。那时候煤炭不景气，煤窑好包，也花不了多少钱，有的煤窑根本就没人过问。这个同学认为这是暂时现象，煤炭终会火起来的。果然是，不到两年，煤炭开始紧缺，煤炭市场一下子火了。跟着，煤窑的行情也涨了，想包煤窑的人到处都是。这个同学的煤窑一下子翻了几百辈，不说挣下的，光把煤窑倒出去，就已经大发了。过几年看看国家对煤炭行业进行整合，同学又转到房地产上了。

这些，都是在吃饭喝酒的过程中，郭天一听出来的。

"天一一直是我们班的学习尖子，我没有佩服过其他任何一个人，但我佩服天一。"同学说："我说过天一终究不是一般人，现在看，确实是，我相信我的眼睛。来，古城名人，敬你一杯。"

"是哩是哩，郭老师确实不是一般的人，他的画不仅在古城，就是在全省全国也可谓独一无二。还是赵总有眼力。"邱东明说。

"我在学校就知道，我上了那个学但不是那个料。但我还是喜欢美术，不是单纯的喜欢，而是崇拜。"

"赵总对美术的热爱和对古城美术事业的支持我是知道的。"邱东明一边敬郭天一的同学酒，一边说。

在学校的时候，郭天一多少有点看不起这个同学，上学不好好上，整天不谋正业，跟老师拉关系，跟社会上的人处朋友。郭天一都觉得他上那个学真是挺没意思的。现在看来，人家专业上没有啥长进，在别的方面是发达了，这从邱东明对他的态度上就能看出来。尽管这些年不接触，但郭天一还是听到了一些同学的消息，有好多人说起他来，那可真是既羡慕又崇拜。

"老郭，这些年你的消息我还是知道一点，你的孩子的事……算了，不说了，如果有啥困难，跟老同学说一声。当然了，你现在也是名人了，卖一张画就……"听着同学的话，郭天一有些反感，但看看同学是真诚的，也就点了点头。

回家的路上，邱东明对郭天一说："老郭啊，你能走到今天这一步，全靠赵总啊！"

"啊？什么意思？你说的是什么意思？"郭天一问。

"一开始你的那些画，其实都是赵总买了……"说到这儿，邱东明感觉有点说多了，一下子停住了。

郭天一一下子惊得眼睛都大了。

六

郭天一一夜未眠。

刚开始邱东明替他卖画，卖得那么顺，他曾经问过邱东明究竟是谁买了他的画，邱东明没有告诉他，他也没有太在意。他觉得可能就是有人欣赏他的画而已，欣赏就买了，就这么简单的事情。

后面真正的导演，却原来一直是这个老同学啊！

好久好久，郭天一在他的画室里待着。好久好久，郭天一的心空空的。

有一天郭天一待在他的画屋里，没有画画，而是在刻章。

郭天一不把章叫章，他把章叫"戳儿"。

村里人以前都有个戳儿的，分粮分钱或者生个孩子上个户什么的，都要把自己的戳儿带上。

"一队社员，到社房分肉，每人半斤，带上戳儿。"

"二队的郭志红，二队的郭志红，公社给你的奖励款回来了，请你带上戳儿到大队部来领取。"

村里也有个戳儿，平时就放在村长家的柜子里，村长外出的时候，就用一根红绳子拴了，挂在裤腰带上。有人碰上上学、招工这些事，盖戳儿的时候，得给村长递烟。郭天一是村子里考上的第一个大学生，为了盖个章，家里还请村长吃了饭。

画画的人都有戳儿，郭天一也有，而且，不只一枚。这一次，郭天一刻的不是普通的戳儿。

郭天一一直木呆呆地坐着，屋子里的画不多，那些曾经跟他说话的"孩子"已经成为一种回忆，他坐在画室里已经很久没有听到"孩子"们说话的声音了。呆在画室里画画的时候，他只是做着机械的动作，他已经感觉不出这里的生机，他只感到了死亡的气息。

也就是在突然之间，郭天一拿起一块石头，握刀在手，一口气刻出一个特殊的戳儿来。

没有文字，没有图案，只有圆圆的两瓣。

不像个戳儿，不是个戳儿，但郭天一就把它当成了一个戳儿。

郭天一的画在古城市场上多了起来。每一幅画上，都印着一个与众不同的章印。

人们说，这就是郭天一！

人们不知道那戳儿是什么意思，但人们知道那是郭天一的戳儿。名人总是与别人不一样的，与别人一样了还能是名人？

有一次一个人买了郭天一的画，走出了门，发现没有盖戳儿，就又返了回来，说：还没有章呢，还没有章呢。郭老的画怎么能少了那枚特殊的章呢！

郭天一就笑笑，拿了那戳儿，蘸了红红的印泥，使了劲在那张画上摁了下去。

其实只有郭天一知道，他的那个戳儿，只是一个——屁戳儿。

后　记

我害怕出书。

好多东西，写完了以后，觉得很满意。

再看，却总会发现问题。

下一次看，仍然不如意。

直到若干次以后，以为差不多了吧，如果在某个地方又看到了，还会拿笔勾划出好多地方来。

于是一次一次地抱怨上一次的自己。

这么多年了，零零星星地写着，就像每天的吃饭，就像每天的睡觉，不是啥神圣的事情，但到了时候自然而然地就做了。

也是熟悉不熟悉的编辑朋友，一次一次给我的意外惊喜，让我一次一次地为下一个惊喜而做着。

当然了，得感谢生活。

生活总是非常奇怪的，它会不动声色地让你感动、忧伤，也让你高兴、失落。这些感动、忧伤和高兴、失落，是用某一种方式融在你的生命轨迹里的。

走过了一段日子，回头看，生活给我的那些感动、忧伤和高兴、失落，于当时的我来说，刚刚好。

当然了，得感谢亲朋好友，感谢所有遇到的人，他们给予我的关爱与友情，是我一直充盈在心间的感动。他们给予我的所有，于我而言，在时间、数量上、形式上，也刚刚好，让我总是有一种幸福的感觉，并用笔把那种感觉写出来。

这是我出的第一本小说集，集子中的作品大多发表过，有的还被《小说选刊》《小小说选刊》等刊物转载，但整体上来看，毛病不少。有时候一个作品的毛病，只有变成了铅字才能看出来，但愿这个集子中的毛病，让我或多或少能找到以后不断改进的方向。